長生譜
忘記過去，不為將來，活在此時，死在此刻。
潘牧雲 著

武俠世界

長生譜

作　　者：潘牧雲
策劃編輯：黎漢傑
責任編輯：麥芷琦
封面設計：Gin
內文排版：陳先英
法律顧問：陳煦堂 律師

出　　版：初文出版社有限公司
電郵：manuscriptpublish@gmail.com

印　　刷：陽光印刷製本廠

發　　行：香港聯合書刊物流有限公司
香港新界荃灣德士古道220-248號
荃灣工業中心16樓
電話：(852) 2150-2100　傳真：(852) 2407-3062

海外總經銷：貿騰發賣股份有限公司
電話：886-2-82275988　傳真：886-2-82275989
網址：www.namode.com

版　　次：2024年6月初版
國際書號：978-988-70534-3-9
定　　價：港幣98元　新臺幣360元

Published and printed in Hong Kong

香港印刷及出版

目錄

武俠的另一種寫作——序《長生譜》

黎漢傑

如何再寫「武」、寫「俠」

今時今日，香港還有多少人寫武俠小說？相信不多。在二〇一九年創刊六十年的《武俠世界》結束之後，本地就再也沒有紙媒提供發表的園地。相比推理小說近年在兩岸三地重新復興、人才輩出，寫武俠小說而能闖出名堂的，最近也要數到鄭丰的《天觀雙俠》，但也事隔十五年了。

武俠小說在華文世界式微，固然有好多因素，但據我自己的觀察，其中一個因素是自金庸以降，武俠小說在形式與內容都沒有很大的突破。當然，武俠小說之所以「武俠」，在內容上須要以各種「武」的招式、心法等等，寫出「俠」的精神。寫「武」寫「俠」，前人也有很多成功的例子，只是在「小說」這個關節，卻未能有所特別的創新。太多的雷同就形成套路，像看歌舞片的電影，每一套都是有歌有舞，但看多了，就覺得千篇一律，有些悶了。

當年，金庸、梁羽生等前輩寫出新派武俠小說，其「新」在於吸收西方文學的技巧，更新自身的武俠小說傳統。時間過去了半個多世紀，現在再寫武俠，必定要有新的寫作形式與內容，同時保留傳統的章法與韻味，才能吸引新一代的讀者。

傳統筆法燦然可觀

如果掩蓋掉《長生譜》的作者名，單純看本書開首的文字：「北風正悲，南燕遠飛，是冰雪時候。鴉雀驚噤，隱渠冷流，共奔赴豐城。」這一段按字數四四五、四四五排列的句子，古雅之餘，又能渲染氣氛；節奏整齊之外，五字句錯綜其間讓文氣不失活潑靈動。如此氣勢磅礴的開筆，無疑先聲奪人。起句結於「候」字，仄聲；尾句結於「城」字，平聲。從聲韻學的角度看，朗讀起來，悠揚延綿，正適合用來開篇底定武俠小說粗豪的風格。

初寫武俠小說，很容易出現時空錯亂的毛病，即字句出現不屬於當時古代的用語或言辭。現在流行的仙俠劇、穿越劇，大多架空歷史，虛構一個子虛烏有的朝代，讓讀者不要去計較劇中人物的一言一行是否合乎歷史史實，這當然是一個懶惰的做法。潘牧雲這部作品的時空，設定在清代中葉白蓮教興起的時期。開篇即提到：「定睛一看，原來是一行持燈的白衣隊伍。」白衣者當然是白蓮教眾，但怎樣刻畫他們造反起義？作者在細節上做得仔細，例如寫走馬燈上「清壽已盡，白蓮當興」八個墨黑大字，固然是脫胎自三國時期黃巾軍的口號：「蒼天已死，黃天當立」，但也合乎清代歷史的邏輯。

再看小說的用典，故事的時間雖然放在清代，已是古代中國的尾聲，按道理詩詞歌賦的典故不會出現時空錯亂的情況，但作者在處理典故的運用仍然十分謹慎。例如寫到白蓮教眾唱的經文：「永信時時認家鄉，永信心開亮堂堂。本無四相無老少，極樂家鄉認安養。」查核資料，在喻松青《明清白蓮教研究》提到這段唱詞出自明清時期的弘陽教：

弘陽教的經卷，常出現「家鄉」字樣。如《混元門元沌教弘陽法》（即《弘陽苦功悟道經》）第十品中說：「交與我，苦行功，要見家鄉」。《破邪詳辯》卷二所引《混元弘陽顯性結果經》佚文：「永信時時認家鄉，永信心開亮堂堂。本無四相無老少，極樂家鄉認安養」。同卷著錄《混元無上大道元妙真經》：「混元至真老祖，在金蓮台座，會一大諸真，議論東土失鄉，貪戀虛光浮景……。」家鄉即極樂家鄉，意為天堂。所謂「失鄉」，即失去了家鄉，遠離天國之意。

按弘陽教，其實是白蓮教當中一個教派，活躍於京城以及北方地區，時間大概是乾隆三十年左右。

至於本書，設定的時間雖然沒明言，但是追查一下角色的身世，可知時間大抵是乾隆嘉慶年間。例如書中一個次要角色賽沖阿，歷史上確有其人。《清史稿》有載：「賽沖阿，赫舍里氏，滿洲正黃旗人。襲雲騎尉世職，充十五善射，授健銳營參領。征台灣力戰，賜號斐靈額巴圖魯，圖形紫光閣。歷吉林、三姓副都統。」嘉慶十一年，賽沖阿赴臺灣為欽差大臣平亂。之後歷任西安將軍、吉林將軍、成都將軍。二十二年，召為正白旗漢軍都統、御前大臣、領侍衛內大臣。小說寫賽沖阿當時的官階不低：「此人正是適才潛藏屋頂的夜行人。他名叫羅思舉，是官兵旗下一個民團領袖，隨副都統賽沖阿駐軍豐城之外，受命殲滅白蓮教匪。」按副都統為正二品，職責是「掌鎮守險要、綏和軍民、均齊政刑、修舉武備」。副都統並非每個城市都有，用這個人物開場，倒要和歷史的官職編制配合才行。故事開篇的場景是在豐城，地近福州，而歷史上福州確有設置副都統的職務。可見，從用語、典故以至人物，作者都是經過一番嚴密的考證。

一個武俠的啓蒙之旅

以上分析，盡其量只能說明潘牧雲寫的武俠合乎規範法度，卻不足以說明她的寫法有何特別之處，讓人一新耳目。當年的武俠小說，前輩作家都努力嘗試引入西方文學的技巧或情節，以充實中國本土的武俠小說寫法。例如《七劍下天山》看到英國伏尼契《牛虻》的影響、《連城訣》看到法國大仲馬《基度山恩仇記》的影響。從西方文學角度看《長生譜》，主角南昭經歷生死劫難，然後在武學、人生哲理都有所頓悟，這正是西方文學所謂

「成長小說」（Bildungsroman, Initiation novel）的情節。

這類小說的主角多為青少年，故事情節側重描寫主人翁心靈、人格的塑造、陶養的過程，從而產生「成長」的具體變化。Mordecai Marcus 將成長小說分成三類，一是年輕人面對成長轉折過於震驚導致無所適從徬徨無助，二是年輕人面對成長轉折雖有啟悟但尚感茫然，三是年輕人跨越成長轉折因啟悟而成熟。（見 Mordecai Marcus, "What Is an Initiation Story?" in William Coyle (ed.), the Young Man in American Literature: The Initiation Theme, NY: The Odyssey Press, 1969）《長生訣》的南昭一開始希望報仇，殺死舅舅來時傑：「南昭揚起白袍，迷罩來時傑的眼目，抽刀直刺來時傑咽喉！」可惜初入江湖，功夫未穩，反而讓自己險些喪命：「南昭立足不穩，來時傑以杖尾反手一送，猛撞南昭上腹『巨闕』穴，南昭登時渾身麻軟。……揮刀過後，一陣天旋地轉，喉嚨腥甜，鮮血從嘴角溢出。滿面紫氣，已中了鬼頭杖中的劇毒。」幸好有男主角羅思舉相救，否則性命堪憂。當然，英雄救美，難免讓情竇初開的少女當救命恩人是理想對象：

羅思舉問他冷麼？南昭抿唇，睫毛不住顫抖。羅思舉便從行囊中翻出棉衣，披在他身上。南昭身上溫暖，神思曠馳，虛汗密流，好像回到那大變忽臨之時——

成長必須伴隨考驗、試煉，這個令南昭觸動的時刻，也正是她感情上的試煉。後來南昭對羅思舉與齊二寡婦關係藕斷絲連，心中幾番波瀾，再加上另一個多方照顧自己、百般溫柔的阮捨懷，情關的進退得失，也是對少女的試煉。當然，南昭最後在情感路上是否啟悟而成熟，作者暫時留下伏筆：

羅思舉低頭轉過身來，南昭仰首迎上前去。思舉眼光傾注他一張如畫容顏，正沉醉，心中突然警鈴大作——他若是此刻不制，親上這塊可親的唇，換來這口香甜的津液，抱上這具可愛的身子，一嚐芳澤，他就只能千古萬代、永永遠遠，愛入他的骨髓，守護他的長生牌位，蕩漾在他血脈之中漫遍河川。

這倒是「欲知後事如何，且聽下回分解」的現代版了。

故事的啓蒙之旅倒不是只有愛情這一方面，正如前述南昭本身武功並非第一流，是經過了高唐觀一役，才有大進。故事中高唐觀是一個充滿神秘的所在，從地形外觀上作者已有一番鋪陳：「一綫陽光灑下，入眼簾時，呈青綠顏色。遇一巍峨高峰，雲氣收萃，扶搖翻騰，霎時間已轉過千面百態。霧嵐之間，一座觀影，綽綽約約，飄飄渺渺，難以攀極。」與世隔絕，外人難以進入，正好用來安排弗萊（Northrop Frye）原型學派所説的「英雄化過程」：分隔（separation）、考驗（initiation）、重回社會（return）。高唐觀所在的地貌正好造成分隔的狀態，而朝齡老人的出現，就帶出了由玉簡引發的考驗：

南昭站起身，來到龔老翁跟前。那老人取出一對玉簡，道：「這對玉簡，你好生收藏，切不可打開觀閱，也不可交與旁人。到你離開高唐觀，再來此村，交還與我。」

南昭雙手接過玉簡，觸手温潤，暖若肌膚。龔老翁道：「常言道：『高處不勝寒。』那是孤家語。長生譜傳人，最忌置身是非之外。盼此物為你帶來一點煩惱，好早日練成譜上功夫。」

武林中人都貪圖玉簡記載的絕世武功，南昭接過玉簡之後，自然引來多番的追殺，也是本書最重要的情節。當然，南昭最後在武學上的確有所啓悟：

心中狂喜，一股氣自丹田升到胸臆，呼息一紊，暗道：「我須沉住氣。」默想「賣」訣，再想「贖」，方知百事無一事不可賣，物量轉換而已。恢復本來，只覺身周萬靈俱響，小至螞蟻、靜如樹葉，都感受得一清二楚。意念灌目，手臂生風，渾身內力呼之欲出。

這時，一塊大烏雲覆蓋月光，伸手不見五指。星粉碎雨，襲人髮膚。南昭聽辨方位，抄過一塊小石子，想也不想便彈了出去，果然有人「噗」的一下接住，身影一晃又隱。

南昭又驚又喜，驚的是來人身法奇快，且來意未明；喜的是自己不假思索，一發中的，乃前所未有之事。當下悄無聲息的繫緊了衣帶，輕輕踏出一步。

終於，南昭武功大進，甚至輕鬆手刃仇人，儼然已成一派宗師，甚至不輸當初仰慕的英雄羅思舉。

南昭的啓悟不單純限於武術，透過學習「長生譜」的招式，她進而領悟到人生的哲理，不再是懵懂的年輕人了。剛剛上山到高唐觀，她還未完全參透「長生譜」，一方面是說武功還欠火候，另一方面也是指她在精神上仍然未完全成長：

朝齡主人看了該有半個時辰，才開口道：「一盤生意中，有哪三類賬？」南昭道：「買回來的、賣出去的，該有兩類，還有一類，弟子不知。」朝齡主人道：「你練長生譜，應該知道，人壽中亦有三類賬，是哪三類？」

南昭心道：「這位前輩是查問我長生譜的功課。」道：「一類是『賣』，另一類是『贖』。再有一類，弟子不知。」

她缺的是「賒」字。那這個字又作何解?「賒得餘裕思周轉，看透假笑真泣，先賒後盈，先死後生。鶺白烏黑天高廣，星列草分古來是，河流短長，情懷淺深。」先賒後盈，先死後生，是說人生虧欠種種，只是暫時賒來，總會有還的一日。「但他賒得太多賬，終究有還不完的一日。到時候，命索命、壽討壽，恐怕不大好受。」人生在世，是非因緣，總是在賒與還的過程中，而無論事業、愛情或其他，都不能賒太多的賬。所謂得與失，其實不要看得太重要。

結語

《長生譜》既是一部武俠小說，也是一部借鑒西方小說技巧的嚴肅文學作品。本書不是在寫一個俠客憑絕世武功揚名立萬、領導群雄，而是寫一個女子經歷多番考驗，才在武術、人生有所小成的故事。正因為重點在於考驗，我們可以看到作者怎樣仔細刻畫一個少女如何通過武學、愛情、人生的種種挫折，成長為一個有血有肉的女英雄。

第一回

火燒豐城起舊仇　情種心府披柳蔭

北風正悲，南燕遠飛，是冰雪時候。鴉雀驚噤，隱渠冷流，共奔赴豐城。

一條人影逾過城牆，但見他輕逸矯捷，摸黑在城裏左轉右拐，按事先記下的路徑直趕帥營。黑夜之中，兩點星光陡爍。夜行人一個箭步，縮進冷巷，緩緩探首——兩點汪汪綠光似小蛇吐信般，忽上忽下。後頭亮起兩點光，再後頭又是兩點，此起彼亮，綿綿無絕。

定睛一看，原來是一行持燈的白衣隊伍。

一人在前，雙手高舉一盞半人高的走馬燈。「清壽已盡，白蓮當興」八個墨黑大字，繞亮光來回轉動。之後兩人並肩，各持一盞碗口大小的蓮花燈，腳下密密，猶如一條通街晃動、窺覷人家的青龍。

夜行人見事不尋常，躡步跟上，一探究竟。

來到一座土坯屋外，青龍歸家，「呼」的一下，傾身盡入。街巷又復黯沉。夜行人一躍上屋頂，使出壁虎功攀援瓦上，撥開積雪，稍微移開一塊鬆動的瓦片，以右眼偷窺屋內。

只見那青龍化身百盞白蓮燈，懸掛四壁，內間明如白晝。屋中設壇，橫書「大顯威靈」

四字，豎寫「混元老祖在此大顯威靈神位」，兩邊敬奉無生老母、真空古佛二尊。壇前香案供酒罎冷菜，色澤油亮。一個白衣中年男子坐在案邊。

夜行人見他，心道：「此人目光矍鑠，披頭散髮，形容凶惡，應當是白蓮教中的高手，一時卻認不出是哪一號人物。」這中年男子舉起手來，讓眾白衣人各居其位。夜行人眼尖，瞧見他掌心紋路，赫然是個「日」字，心中一凜：「啊！他是『糾神法師』來時傑！」

那來時傑乃白蓮教起事首領王三槐帳下的軍師。據講，其人左掌有「日」字紋，右掌有「月」字紋；據講，其人能窺未來事，常改凡夫命；據講……臆測紛紜，惟其五毒杖法高強這一件，真實確鑿，一念及此，夜行人屏凝呼息，加倍小心。

眾白衣人一齊唱道：「永信時時認家鄉，永信心開亮堂堂。本無四相無老少，極樂家鄉認安養。」音調同幽靈啼哭。唱罷，一個童子從門口引來一個十八九歲、容貌俏麗的少女。

那少女立在牆根處，飛快的環顧屋內佈置，神情莫辨。一個箭步撲倒在來時傑膝前，道：「舅舅！」來時傑撫他烏亮的頭髮，道：「昭兒，我苦命的孩兒。來，拜過神明。」遞他三枝香，道：「望著那『混』字，就說弟子南昭特向你老報到。」

一個婦人又驚又喜的上前，道：「昭兒，你回來啦！」南昭淡漠的看他一眼，彈煙祝禱，把香裝上，退到一旁。那婦人見了，輕聲啜泣，哭聲愈來愈大，又掏出帕子擦眼。

來時傑長嘆一聲，道：「昭兒，扶你母親坐下罷。」南昭一撇嘴唇，來時傑厲目一瞪，南昭無奈，只得馬馬虎虎的托著那婦人手臂，和他一同坐下。

夜行人心想：「真是一對奇怪的母女，這樣生分。」

來時傑道：「昭兒，你師父怎麼說？」南昭道：「師父說自己年紀老邁，不願出山，說舅舅有甚麼事兒，交給外甥就好。」

那婦人忽然道：「好，昭兒以後不用到那個師父那邊。那見鬼的當年送你去學藝，從來沒知會我……」

南昭難忍怒氣，站起身道：「爹爹已經死了，求娘親嘴裏放尊重些！」婦人道：「我生的好女兒！之後就該拿著刀子向著他老娘了！」

南昭聞言「唰」的一聲亮出柳葉刀，面無表情的道：「我是該拿著刀子向著你。你害父親和弟弟慘死路途，我還未跟你算賬，你倒先說起我來。」那婦人見明晃晃的尖刀，嚇得腿軟，哭道：「那死鬼都向你說我甚麼？你恁地這樣厭惡我？」南昭道：「我不厭惡你，我恨死你了！爹爹將你告上公堂，是他不該，你卻都做了些甚麼？放火燒掉房子，累得爹爹和弟弟無家可歸，最終客死異鄉。我沒有你這個喪盡天良的母親！」

婦人哭哭啼啼，道：「那不是實情，我真冤！」拭乾眼淚後，卻道出另外一個故事來：

哥哥招你爹入教，他不肯信，我卻確信，這些是真。

一日，我到二姑屋裏燒香念經，大嫂陳氏恰在做生活，見我來，一邊縫起兩片衣服，一邊道：「妹妹，不是我說你，你家那老公發起瘋來，怪嚇人的，問你怎忍他十幾年！」我道：「他作甚麼惹到嫂嫂啦？」陳氏「哎喲」一聲，拋下生活，又道一聲：「啊喲！」瞥一眼神壇，道：「莫在神靈前說，發起怒來，你我都禁受不了。」二人轉至柴房，陳氏掩上門，我才知道那渾人告官，說我們習邪教。末了哭道：「要不是你哥哥得混元老祖托夢，打點好一切，我們都要挨板子蹲牢的！」

我道：「嫂嫂，你不説，我也不知那天殺的竟作過這等事！哪天我不順他，他豈不是要令差人到家裏逮我？」陳氏收淚，道：「天底下沒有這樣的理，經裏說：『或是男、或是女，本來不二。都仗著，無生母，一氣先天。』他告你，你難道不能告他？」

我昏頭昏腦的回到家，你父親昨兒還嫌我做的飯多，那日卻嫌我做的飯少，我氣不過，一個不小心，便踢翻了一個火盆子，登時燒起我出嫁時帶去的大木床。你父親指著我鼻子說：「妖婦！是要燒死我嗎！」我看見火星散落一地，心頭閃過一絲快意，愈是覺得大嫂說得不錯。突然，我想起小寶還在屋裏睡覺，忙跑入屋救。你爹爹一個箭步推開我，抱著小寶丟下我，奪門而出，逃到河邊。我一邊哭，一邊拿水壺去澆，但火頭太旺，黑煙直冒，我嗆得喘不過氣，也從後門逃出。當下我才是無家可歸的可憐人哪！不得已，只好投奔哥哥。

南昭道：「爹爹向來溫和，怎會罵人？」向來時傑道：「舅舅，我不要與他共處一室，請你把他送走。」

那婦人更是哭得肝腸寸斷，任人挾腋下攙去。

來時傑不放心，招來小徒弟錦發，吩咐道：「你今夜挨在我身旁，不得離開。不然，有性命之虞。」錦發乖乖的點頭。

來時傑道：「昭兒，關於那縱火的事，也有你爹爹的不對。他自己不信教就罷了，卻要同官府告你母親信邪教。你母親是氣不過。」頓一頓，安慰道：「人若生前積善，死後都要到『真空家鄉』。你父親和弟弟應該均已安息。」見南昭眼帶譏諷，顯是不信，道：「我們白蓮教燒香拜神，替人消災治病，並沒有過錯，何以一再受官府趕盡殺絕？我們是逼不得已，才定了日子起義，來個魚死網破。不為甚麼，就為無生老母記念我們盡義，在我們死後，接我們到那沒有貧病痛苦的家鄉。」

燭火映得南昭面上恍恍惚惚。他一改冷漠，嫣然一笑，道：「舅舅說得不錯。」來時傑撫掌道：「你年紀小小，不但師從天下第一奇士『六朝大遺』歐陽步化，還得他『長生譜』真傳，何不加入白蓮教起事？我們的主帥王三槐王天師有大智慧，無不通曉。手下還有一員大將，武功蓋世，外號『萍蹤二郎』余可佛。他比你長十歲，正好可以扶持你，相互為伴，亦不愁寂寞。」轉頭皺眉道：「錦發，你怎麼離得這樣遠？挨近些。」

南昭瞟錦發那孩子一眼，心道：「他對我的事，倒是瞭如指掌。」道：「舅舅，但求你吐露誰是外甥的殺父仇人，外甥便情願入教。」來時傑枯枝似的手指輕敲桌面，片刻，面露惋惜，道：「妹夫原來要到北京……」南昭道：「爹爹為何要到北京？」來時傑道：「他帶你弟弟去北京。途中……途中不幸遭到鄉團劫殺。」

南昭道：「爹爹在哪個省遇害？」來時傑道：「陝西。」南昭冷笑道：「舅舅一直在四川，卻無所不知。」來時傑額上青筋暴現，防範驟盛，便要發難，南昭卻撲地就拜，道：「舅舅天眼神通，外甥拜服。但願能夠追隨舅舅，殺光鄉勇清兵，以報我爹爹、弟弟的仇。」

來時傑渾身一鬆，道：「孩子，你這不是追隨我，乃是追隨我們的主帥王三槐王天師。天師保佑，你才不致於執迷不悟。來人啊！備法壇。」立時有弟子舉蒲團來，讓南昭跪在壇前。

來時傑道：「外甥先過願。【一】」另有弟子張開一面白袍，輕飄飄的罩在南昭身上，更顯他形消骨瘦。

南昭道：「舅舅說我爹爹和弟弟都在真空家鄉，那是個甚麼地方呀？」來時傑避而不答，卻道：「你爹爹在你三歲上把你送到那吃苦的地方，你不恨他嗎？」南昭道：「那年顆粒不收，甥女不但沒餓死，反學了一門傍身技藝，怎會恨爹爹呢？」來時傑道：「如此，你這孩子的日子過得真是緊張！」

來時傑見南昭沉思不語，道：「真空家鄉裏沒有飢餓，只有飽足。人人皆有錦衣穿戴，棉鞋暖腳。你就說，難道你不想在死後有如是歸宿嗎？」

聞言，南昭心裏湧現父親的身影。父親這人的脾性，那是街知巷聞。他走路如風，旁人三步方達，他一腳跨過，卻不是為了甚麼緊要事。恆動不能靜，卻惜言。節儉成性，看把米是金砂，常對女兒說：「能吃盡吃，不要吃虧。」到頭來，雪花滿頂，軌痕錯面。如

【一】過願：立誓之義。

果他死後真的到了真空家鄉，而且永永遠遠的活著，依舊人如風中殘燭、影似曇花夜萎，得永生何用！道：「這些我今生不能得嗎？怎麼非往下世去尋？」

來時傑道：「你到我這把年紀，便知道今生難，唯有下世是指望。人知道有生生世世，而用今生換取永生，一切值當了，就不會懼怕死亡。你只要隨過願紙上寫的讀，可得此指望。」

南昭點頭，似乎已為來時傑的話說服，只聽他唸道：「信女南昭誠心頂叩混元老祖，普願乾坤萬民安，風調雨順興混元。啊，這是個甚麼字呀？」來時傑看不清，湊近道：「『混』字。」南昭道：「可是『混賬』那『混』字？」來時傑點頭，南昭續唸道：「風調雨順興混元。奉請無生老母齊我身。無生老母好善德……舅舅，這是否『好人有好報』的『好』字？」來是傑笑道：「是！」又嘆道：「你這丫頭淨學了一身好武藝，書卻沒讀好！」南昭道：「好人有好報？你還真會做夢。我看，你離那『不得好死』的『好』字更近些！」

來時傑道：「這……」

南昭揚起白袍，迷罩來時傑的眼目，抽刀直刺來時傑咽喉！

來時傑躲避不及，一手抓著錦發，擋諸身前，柳葉刀穿胸而過。南昭抽刀怒叱道：「你殺我父親幼弟，唆擺我母親，若真有真空家鄉，你就是等一千、一萬年也進不了！」饒是屋頂那夜行人身經百戰，此時也為變故驚心。他一摸背上火藥，見屋內來時傑發招，連忙躍到雪地上。屋子旁是一個馬廄，當即解下兩捆火藥，塞進乾草堆中，取火刀火石點燃油繩。知道此番任務若要成功，必須爭分奪秒，撥足便往各處屯糧重地奔去。

來時傑買得空閑，抛下錦發，亮出五毒鬼頭杖：鬼頭盆口齜牙，鐵鏽斑斑。南昭更不遲疑，擰眉張目，側身掄刀，疾步而前。來時傑也不將他放在眼內，橫杖斜掃。南昭立足不穩，來時傑以杖尾反手一送，猛撞南昭上腹「巨闕」穴，南昭登時渾身麻軟。

長空遽然傳來十數聲「噼啪」巨響，眨眼之間，房頂穿了個大洞，瞬間燃起橫樑。只見外面紅光泛照。人聲鼎沸，似乎是眾白蓮教徒在爭相走避。來時傑凝聽之際，南昭右手的刀尖微微顫抖，左手緩緩探向背後，抽出另一柄柳葉刀。

一名白蓮教徒闖進屋中，喊道：「法師，不好了！官兵滿城放火，已經攻破咱們的城門！」

南昭趁此空隙，一招「旋風化蝶」，一腳踹開那教徒，並雙刀搶攻，來時傑舉杖格擋，扣動機關，毒霧自鬼口釋出。南昭全然不顧，躍上神壇，雙刀一攻一輔，裂毒霧一揮，在來時傑胸前劃出一大道血口。

揮刀過後，一陣天旋地轉，喉嚨腥甜，鮮血從嘴角溢出。滿面紫氣，已中了鬼頭杖中的劇毒。

來時傑胸前血流如注，卻不在意。面目猙獰，嘿嘿笑道：「甥女一身殺氣，舅舅怎不知道？」持杖過頂，砸落南昭的天靈蓋。

炙風偷襲，眼前一花，那被燒成火柱的橫樑喀拉一聲，激墜而下，來時傑一個仰跌，滾到一旁，衣角為火舌所捲，全身衣袍熊熊火起，灼著胸前創口，痛極長嗥。蓮花燈哐啷哐啷的，自四壁掉地，碎了一地，點燃桌帷、木壇，黑煙叢生。

南昭大喜，劇咳嗽著要跨火海補刀，卻教人從後抱住，鐵臂如鉗，硬拖出屋。道：「你姑娘家的，竟想學荊軻刺秦王。哈！要知留得青山在、哪怕沒柴燒？」

此人正是適才潛藏屋頂的夜行人。他名叫羅思舉，是官兵旗下一個民團領袖，隨副都統賽沖阿駐軍豐城之外，受命殲滅白蓮教匪。賽沖阿忌憚白蓮教中好手眾多，不願冒進，卻又不願無功而返。正是兩難不決之際，羅思舉請纓道：「屬下得訊，王三槐手下一員猛將余可佛方才離了豐城。身邊守備空虛。如今白蓮賊謀備離城，倘若容讓他們四下逃逸，再另擇地方集結，這場戰事恐怕永無完了！屬下請在今夜帶兵五十人，在城內放火，假造大軍破城之像，將他們趕出城外，由大軍在外攔截，一網打盡。」

賽沖阿攝於此人奇膽，心想：「若教他此計成功，表面上是我們勝了，實在卻是要告訴人他一個小小民練兵團，比我八旗子弟勇敢。」大怒拍案，下令羅思舉今夜一個兵都不許調。思舉向來深思熟慮，更不是一個一意孤行的人。總覺今夜機不可失、失不再來，於是單人匹馬，仗著輕功卓越，逾過城牆，這才見到南昭行刺親舅父一幕。感到北風大起，時機已至，忙潛入白蓮教五大屯糧庫，埋火藥、點油繩，待油繩燒盡，火藥爆炸，驚醒了正流連夢鄉的白蓮教徒。

火苗乘北風一燔，教徒舉目見紅光處處，只道大軍來襲，沒命價的逃跑。思舉才殺了兩名教徒，眼前閃過南昭跪在神壇前纖薄的身影，鬼使神差般，又回到那屋中救下南昭。

南昭毒氣攻心，口不能言，聽夜行人說教，急怒攻心，幾欲昏厥。夜行人疾忙駢指封點他「膻中」、「靈台」、「天泉」三個大穴，以免毒氣蔓延。拉南昭左臂，翻他上背，馱著他跑到出城的大道。

白蓮教徒四下逃竄，不分敵我，有的交上手之後，驚覺大水衝倒龍王廟，自己人打自己人，這才罷手，分頭逃跑。夜行人手起劍出，十幾名教徒的性命，霎時成了他劍下魂。隨手捉來一個年青教徒，喝道：「王三槐在哪裏？」

那教徒瑟瑟發抖，道：「他……岩……岩崗。」見夜行人別無動作，拔足就跑。夜行人不加阻攔，循那教徒所指，果見岩崗上有二十來人舉著火把，攀援而上，提氣急追。背負一人，竟似毫不費勁。

前頭的教徒察覺後有追兵，智短的慌不擇路，跌死山岩。領軍人王三槐給眾人壯膽，道：「我們幾十人，何怕他一人？都停下來應戰！」捏指成訣，道：「這『鬥法發出神兵指』一出，萬兵來守護。」教徒回望城裏一片火紅，更無退路，紛紛依樣畫葫蘆。兩手相合，食指微揚，似乎便借來一股神奇之力，神志稍定。

此時那夜行人已然迫近，王三槐喝道：「足下何人？」

夜行人道：「我乃四川東鄉縣人羅思舉。」

王三槐觀他面如冠玉、劍眉狹眼，儀表堂堂，知是個厲害人物。冷笑道：「我道是誰。本來滿世界的打家劫舍、後來歸順官府做奴才的那個羅思舉。」勃然色變，道：「吃我一刀！」

未見他如何出手，一柄青鋼寶刀倏至眉前。羅思舉不閃不避，王三槐猶豫消得片刻，即劍劃長虹，「錚」的一聲，刀劍相交，火花四濺。白蓮教徒執家生就往羅思舉身上招呼。羅思舉顧忌他傷害背上的南昭，不與王三槐鬥力，旋身斜劈，眾人反應不及，王三槐的左腿上已骨肉可見。

王三槐不料他如此了得，咬牙縱身跳下岩崗，消失無蹤。其餘教徒追隨在後。有幾個手腳遲鈍，匍匐在地，瑟瑟發抖。羅思舉心道：「罷了，窮寇莫追，總得留幾口活命，好振我聲威、亂他們陣腳。」

於是在城外深林牽過事前藏好的馬兒，加鞭回營，稟告上司。

天空泛出魚肚白，原來大營所在，只留下一頂小帳、一縷炊煙，和兩個左顧右盼的武弁。【三】二人乍見思舉，又驚又喜。跑上前，遞水解冑。問賽沖阿副都統在何處？尷尬相顧，道：「副都統認為羅團頭你自己一個人潛入豐城，行事過激，必死無疑，昨夜就拔營去了。獨留我們二人在此偵查。」

羅思舉不甚介懷，點頭道：「待我休息片刻，起程趕上大軍才是。」將南昭抱入帳內，以內力逼毒。但毒藥深入經脈，若無對症解藥，難以根絕。心想來時傑手段陰惻，而單論狠辣，舅甥二人卻是不相伯仲。

南昭醒轉後，呆呆坐著，一言不發。思舉問他，他只是說：「你為甚麼阻我報仇？」

羅思舉但笑不語。南昭氣甚，乾脆緊閉雙眼。到午間，思舉將他扶上馬背，翻身坐上另一匹馬，兩匹馬前後用繩子拴著，自己在前頭引途。

羅思舉問他冷麼？南昭抿唇，睫毛不住顫抖。羅思舉便從行囊中翻出棉衣，披在他身上。南昭身上溫暖，神思曠馳，虛汗密流，好像回到那大變忽臨之時——

一日得爹爹來信，說道舅舅招他入教，他不肯。舅舅便改招娘親。往後，娘親沉迷邪教，終日與這白蓮教中人為伍，連弟弟也撇下不管。爹爹屢訓不止，情急之下，把娘親並舅舅等一干親戚同鄉告到安陵府都察院去。我當時也說爹爹小題大做，將家事呈公堂上斷，太不妥當。舅舅似乎與司院的吏役有些交情，吏役是白蓮教的也不定，再經一番銀子功夫，那張狀紙終究沒能送到那官兒的案上。

我學滿出師，自覺有武藝傍身，天下沒有困難事。得訊後，連忙趕回沔陽州，四下尋訪。

一日來到一間村野小店，向店家借用茅厠。那店家向左側一指，逕自去了。那處是個斜坡，瓦礫堆滿，深陷處有一頂小棚。每踏一步下去，搖搖欲墜。小棚只有兩面土牆，草蓆蓋頂，其餘兩面透風，沒遮沒掩。地上鋪著兩塊木頭，中間露出一條縫，往下看去，是一個深坑。人站在那處小便出恭，習以為常。解手出來，也沒個清水洗手，只覺得兩隻手都是滾燙的。方留下一滴眼淚，連忙自勸：「你竟為這點小事沮喪！」

復至小店，問那店家：「可曾見到一個四五十歲的漢子、帶著一個小孩的？」那店家上下打量我，道：「你這小丫頭，與他們識得？」我道：「他們便住在這裏麼！」那店家扯開嗓門再問：「你與他們識得？」我無法，只得道：「不錯。」那店家五指一張，道：「你把他們的房費付過了，才好囉嗦！」

我心下奇怒，抽刀劈去桌子一角，道：「姑娘從不囉嗦，也不喜歡囉嗦的人！」那店家教我唬得仰天跌倒，不敢言語，朝店內一頓猛指。我闖進店內，見只有一個合院，幾間房子，簡陋無比。

西邊房門外有個赤膊的大漢，辮子往頭上盤了，蹲著吃煙。一口接一口，眼睛一眨不眨的跟著我進店，直至我掩上隔壁的門，這才罷休。那房裏隱隱傳來鶯聲燕語，陣陣放浪，聽得人煩躁。我後來才知道，那邊住著一個粉頭、一個媽媽。

房外簷下，牆角暗處，盤踞了兩條壁虎，一動不動。我心中怯怯，舉目看了該有一盞茶光景。

房內一聲咳嗽，接著是兩聲、三聲——我奪門而入，先是見到地上一個三四歲的小孩子，眼光又大又圓，怔怔的看著我，突然放聲大哭。我呼道：「弟弟！」雙臂抱起他軟軟的身兒，哄道：「弟弟不用怕，姐姐來救你呢。」一回身，這才見到那纏綿病榻的人。

他往昔那雙可以健步如飛的腿如今隱在被中，似乎只賸下架子。兩手的指甲長長的、黃黃的，頭髮多日未理，如藤曼爬出枕頭，落到床邊，悄無聲息。呆呆望天花，雙眼雖是張的，而眼窩太深、鼻息太微，一切進入眼簾之後，皆是一片空白茫然。……

次日一早，我扶了爹爹、抱了弟弟，到搭在店外的攤裏吃早飯。

攤外走來一男一女，男的四五十歲光景，辮子烏黑油亮，眼中精光四射。女的是隔壁那粉頭房客，五短身材，頗有姿色。雖不算絕美，妙在一舉一動，無不有一股媚俗風情，勾得人忍不住親近。兩隻手腕皓如鵝脂，配一對鬧銀打的鐲子。手執芭蕉扇，半掩粉臉，露出一對杏眼，亂撞亂瞟。我們這桌一個病弱不堪、一個單薄少女、一個幼小懵懂，二人見了，沒有加以防備，逕走到角落裏的桌子。

我多留了個心眼，運起內力偷聽他們說話。

那男人捏了一把那粉頭的臉蛋，按腿坐了下來。那粉頭啐他一口，道：「一大清早的，姚大爺好沒個正形！」

那姚大爺哈哈一笑，招來店小二，粗粗點菜，轉對那粉頭道：「桂姐兒，你那分錢，我明日差徒弟送來。」又壓低聲音道：「你好生收藏，莫教你媽媽知道。我還要送你一張『雲城贖罪手卷』，持此手卷，如同向神明掛號，教你死後進入雲城。那是千金難的好東西。」桂姐兒吃吃笑道：「謝謝爹！」當下挽袖，小意伺候。我胃裏一陣翻騰，我喚爹爹，他也喚爹，他恁地就喚得這般浪蕩。

姚大爺心情甚佳，道：「我們王三槐天師他日做了天下之主，我在朝當官兒，你那時候就是官太太啦。」

我聞言，悄悄一瞥，瞧見那男子左袖上綉了一朵白蓮花，心中一凜，秉杯執筷，再看了一眼，確認所辨無誤。

桂姐兒芭蕉扇搖得更是歡快，嬌呼道：「都是奴三生修來的福氣，哪想爹待我這般的好！」眉頭輕蹙，揉捏手帕，哀聲道：「爹也得小心才是，那刀劍可不長眼睛的。」

姚大爺興致甚高，開始口沒遮攔，道：「這話我只對你講，咱們白蓮教起事，不論是王天師的白號，還是齊二寡婦的黃號，都是拿『官逼民反』為幌子。官衙借事多收耗羨、幫費、浮收，那是常有。禁習白蓮教，也是向來，只是咱們偷偷的習，不礙著誰人的眼。那些當官的某日上聽得我一年收『打丹根基銀子』數萬兩，動了貪念，派了個差役來敲詐勒索。

我同那差役說：『你從我習教，我允你用我的名號招攬弟子，有一日，你也能如同我一般，腰纏萬貫。』那差役被我說動，過後第二個月，便與我一道，隨王天師反了。白蓮教中原有一些走私鹽的生意，官府敲詐不成，反手將這些生意蓋了，這不是斷我們會眾的米路嗎？說不得，破罐子破摔，和他拼命。啊！你瞧我，只顧著講。」狼吞虎嚥，將碗裏米飯扒得乾乾淨淨。桂姐兒笑著奉茶，道：「爹，喝茶漱漱口。」眼珠一轉，道：「爹神通廣大，法力無邊。奴有一個妹妹，住在烏鎮，求爹探聽探聽。」

姚大爺面色一端，擱下筷子，道：「烏鎮如今是進不了的。」

只聽那桂姐兒小心翼翼的道：「奴是聽說白蓮神教佔了烏鎮，滿心歡喜，想著接奴那妹妹過來。爹若是不歡喜，奴不接也罷。」我心中大奇：「我才離開烏鎮一月餘，師父、大師兄、三師妹應該也還在烏鎮，怎麼今下被白蓮教佔了？」姚大爺道：「蠢婦，那白蓮教，咱們叫他黃號，跟咱們王天師的白號不是一夥的！」

桂姐兒自拍嘴巴，道：「那黃號竟敢借王天師的名號，招搖撞騙，奴教他矇得好苦！」姚大爺見他泫然欲泣，放軟口氣道：「這原不怪你。那黃號白蓮教領軍的，叫做齊二寡婦，是個難纏的婆娘。王天師正想著法兒招徠他，他識相的就早日與咱們結盟。不然，遲早踹了他一窩狗娘養的。」悻悻然拿起茶杯，卻見杯中見底，那桂姐兒立即斟滿，陪笑道：「在爹法眼裏，有甚麼辦不成呢？」

姚大爺又高興起來，道：「我手下的人報我說，齊二寡婦正招那歐陽步化入夥，那老頭兒武功厲害之極，而且食古不化，想來不會應承，指不定反投官府，那大家都吃不了兜著走！」我乍聽師父的名字，渾身一震，心中打鼓。姚大爺續道：「咱們王天師有真知灼見，派遣白蓮教中第一高手余可佛，準備在夜裏給他一個了斷。」一話方畢，自覺說多了，盤算之間，斜眼覷那婦人。

桂姐兒機靈過人，佯裝不知，在菜汁裏撈來一條贕葉子，舔在舌尖上，抬眉見姚大爺面色，「啊」的一聲道：「奴臉上有髒東西不成？爹說了甚麼，奴一時走了神兒，聽不清楚，爹饒了我這回罷！」

姚大爺搖手道：「罷了，這些正經事，說幾多遍你都不懂。」桂姐兒甜甜一笑，道：「爹說的是。」

我惦念師父，歸心似箭，向爹爹道：「女兒有急事在身，即日趕回師門，爹爹在此休養，不要外出。吃飯之餘，與弟弟留在房裏，插上門閂，打下窗簾，等我回來。」

爹爹道：「女兒，我送你。」於是從出門到出店，從出店到上路，一直揮手。迷霧濃重，人家房子，如入滄海。他似乎仍在揮手。

待我一月後趕回客店，房內已空空如也。那門外大漢依舊盯著我，煙霧一口一口的朝我吐。爹爹托店家將一封信交給我，寫道由得這白蓮教逍遙法外，天下豈不是沒個公理！知道我一定阻攔，所以在我走後一日，撿來一輛破木車，推了弟弟，啟程上京向天子討公道。

讀完信件，憂心如焚。恰在那時，那桂姐兒兩手推門，款款出房，輕搖芭蕉扇，抿嘴頻向我拋媚眼。見我不出聲，把玩腕上鬧銀手釧，道：「我聽說，日前有一個老翁和小孩在陝西教人給殺害了，身上的錢財卻是一文不少，你說奇也不奇？」

我正煩悶，聽見他的話，卻沒加琢磨。他繼續說道：「坊間傳說，那些匪徒原來是不殺那小孩的。但聽他跌坐在一棵槐樹下，哭得肝膽俱裂，呼喚說讓姐姐救他，才知道他是曉事的，於是一併殺掉。匪徒當中有一個術士，說那小孩的魂魄附在了槐樹樹梢間。揚出一道符，把那小孩的魂錄在其上，言道其力無窮，轉贈給了一個姓來的人。」

我腦中一盪，一時難以置信，道：「兀那女人，說的話太離奇！」

桂姐兒長嘆一聲，似乎就要唱起來，道：「可憐那老翁喲，本意求皇法，換來殺身禍，不曾想，無法無天，就是當下皇法！」我恐懼愈加熾盛，顫聲問道：「你說的是實？」

桂姐兒道：「可憐那老翁喲，死在小舅子和他一眾同黨手上。那小舅子連本帶利，共要了兩條人命，你說，下一個，是不是該輪到那老翁的女兒了？」說罷打著哈欠，挨房門道：

「昨夜折騰得厲害，眼下當睡他一睡。」

我一個箭步，不覺使擒拿手搭他肩頭，他一邊打哈欠，一邊伸懶腰，道：「喲，你又不是男人，盡學他們不正經的。」消我手上勁力於無形，我大吃一驚，回身起式，道：「你到底圖甚麼！」

他瞟我一眼，輕蔑的道：「你一個黃毛丫頭，有甚麼值得我圖的？左右不過無聊，與你說椿奇事，你大呼小叫，早知道就不費這唇舌了。」我走近幾步，他已飛身掩門，我捶門叫道：「開門！」

屋內那媽媽問道：「桂姐兒，那是誰哪？」桂姐兒道：「媽媽不用理他，是個潑皮瘋婆娘。」我猶在門邊，突然聽他在門後貼牆低聲說道：「齊二寡婦教你曉得，白蓮旗下，並非盡是匪徒。我們黃號，是你歸宿。他日想通，暗號通知。切記問：『怎生令天公笑逐顏開？』他說『逢三不開口』，你就說『逢三不出手』，通行無阻，直達座前。」

我聽得一頭霧水，想道他若是黃號的人，為何與那白號姚大爺鬼混？齊二寡婦又是何人？當下對他的話將疑將信，串買消息，明查暗訪，這才知道那桂姐兒所言不虛，悲憤填胸，不及細思，也不稟告師父，心急火燎的入蜀尋那來時傑報仇。

見了娘親，聲淚俱下、一番說辭。爹娘各有各的理，我卻信那一邊？真是沒意思得緊。誰憐我親人在世，卻舉目無親！誰憐我無限青春，卻萬念俱灰！

苦難交煎，卻聽思舉說道：「睡罷，不必想。」南昭偷偷睜眼，瞥羅思舉耳背，順髮根看到辮頭，順辮頭看到辮尾，好像慢流水紋，晃晃漾漾。雖暗自告誡，奈何抵不住身暖目弛，徐徐入睡。

沉暮之時，羅思舉輕輕拍醒他，低告一聲：「得罪！」將他抱下馬。南昭久坐，驟然直立，雙膝一軟。羅思舉秤住他腋下，待他慢慢行走無礙，這才鬆手。一行人在官道上行了一日，兩個武弁搭營生火，又到河裏取水煮食。

羅思舉將棉衣鋪在地上，令南昭歇下。觀南昭面色不如從前沉肅，問道：「這位妹妹，可有去處？」

南昭看他一眼，已不忍教他自說自話，道：「我的師父與兩位師兄妹如今應在烏鎮。」

羅思舉道：「好，我送你回烏鎮。」南昭低下頭，沒有答應，也沒有拒絕。羅思舉道：「你師父知道你這番動作麼？」南昭道：「他就是原來不知，如今也該知了。」羅思舉道：「好孩子，別想那報仇的事了。」南昭一怒，心道：「我才理你，你又說這等不順耳的話。」蹙眉閉眼，翻身背向。

羅思舉又是好氣、又是好笑，轉看官道邊層層迭起的高山遠巒。突然，面色一凝，吩咐兩個武弁道：「你們守在營裏，不可踏出半步。」執配劍搶出，�至路邊一塊大石，輕輕一躍，長臂取下一物。展開一看，是一條黃澄澄的符紙。讀到最後，那符紙寸寸碎裂，撒落一地。微風吹拂，異香忽襲，紙碎化作蝴蝶，穿花而去。

第二回

凡人壽短羨松齡　仙家無聊興風浪

南昭心掛，不住張望，見此黃紙化蝶的奇境，目瞪口呆。

羅思舉環視四周，孤林深邃，冷河靜默，哪有半條人影？朗聲道：「『萍蹤二郎』余可佛大駕既至，何不現身？」一聲音和潤，落到耳中，卻「嗡嗡」的響。南昭心道：「羅思舉不過長我五六歲，功力竟直逼來時傑！」

羅思舉側耳傾聽，片刻，氣定神閑的道：「余兄不肯露面，我只好得罪了。」右腕一抖，快競雷電、準比蛇獵，那石頭卻如紙紮一般，一捌而穿。思舉再加一把勁，但聽「轟隆」一聲巨響，石頭似戲台崩塌，霎時間，飛沙走石。南昭與兩名武弁忙舉袖掩面。

塵埃落定，睜眼再看，道上站了兩條人影。一個是羅思舉，眼看他鼻梁如玉拱橋，狹目不起波瀾，背寬腰挺，臂壯步實。

另一個，身長八尺。白面紅腮，偉岸秀逸。一條藍布裹額，一根三尖兩刃槍護身。只聽他說道：「閣下識破我萍蹤二郎的『海市蜃樓功』，勉強當得了我的對手。我且不殺你，若有遺言，快快說了罷！」

南昭敬思舉若天神，一聽此話，替他生氣。再聽「萍蹤二郎」四字，靈光一閃，終於想起此人來頭：「那晚來時傑曾經提及此人，說他武功蓋世，也是王三槐手下人。我父親和弟弟的仇，他也有一份！」

而余可佛自大狂妄，不無其依仗。他不過三十來歲，已憑「海市蜃樓功」和一套「槍外槍法」力鬥各派高手，所向無敵，隱隱有問鼎武林之勢，是以在江湖上名堂頗響。羅思舉個性深沉，行事小心，素不與人爭一日之長短，名聲自然遠遠不如，聞言亦不以為忤，道：「我教王三槐從豐城落荒而逃，早就料到你們白號定會尋我麻煩。請余兄賜招！」

余可佛仰天哈哈大笑，眼珠一轉，落到南昭身上，道：「要我賜招，你小子武功還不夠看。這樣罷，你把身後那黃毛丫頭交給我，我便放過你，如何？」

羅思舉一哂，道：「不行！」

余可佛一愣，冷冷的上下打量他，道：「我聽王三槐那老匹夫說你如何神勇，如何足智多謀，想著大家都是聰明人，犯不著我動手，如今看來……嘿嘿！」出言恫嚇，還是希望羅思舉不戰而逃。

羅思舉久與白蓮教作戰，知道余可佛雖是王三槐這一號白蓮教的人，向來不尊號令。

王三槐奈何不了他，卻也樂得有一位武林高手鎮場撐招牌，任他自由來去。來時傑是王三槐軍師，更差遣不了他。如此說來，余可佛要思舉交出南昭，其必另有目的。這些人與人之間的關係何等複雜，思舉在人堆中打滾，想得通透，南昭自然不懂，只道余可佛奉來時傑之命拿自己回去折磨，剎時手足冰冷。

耳邊聽見思舉溫和而堅決的道：「萍蹤二郎跟一個小姑娘過意不去，說起來真令人難以置信。如果你執意如此，須先問過我手中的劍！」

余可佛大笑道：「我名震四海的時候，你還在跟那齊二寡婦鬼混，問過你手中的劍？呸！」突地惡狠狠的盯著羅思舉，道：「吃我一釘！」

手底一翻，三根鋼釘朝羅思舉激飛而去。羅思舉不慌不忙，折腿一一踢掉，猶似家常便飯，轉身間，一招「斗轉星移」，劍底翻花，搶刺余可佛左肩。余可佛不等他劍尖近身，槍頭將四方八面串成一圈，猶如困劍於一個網羅之中。

羅思舉不與他胡纏，抽劍換式，以慢制動，以穩制變；收斂鋒芒，不亢不卑，遊劍余可佛的槍網之外。陡然，眼中妙光乍現，左劈右挑，穿過重重槍圈，一擊中的，刺進余可佛左肩。

余可佛大叫一聲，跳出三尺。攏手胸前，道：「論武功，你多練五年，尚可追得上我……」「如此這般」的胡亂說了幾個字，扣指唇邊，哨聲必必，草叢裏竄出一條巨犬，旋風也似影兒，形狀如狂，張開兩排利齒，撲向羅思舉！

余可佛哈哈笑道：「論身份，我既是二郎神化身，怎能缺了神犬輔佐？」

羅思舉稍一遲疑，那神犬已咬住了他右腿，痛似撕心裂肺，不禁倒抽一口涼氣。不論如何迎頭痛擊，那神犬死不鬆口，直咬得腿上鮮血淋漓。見余可佛舞起三尖兩刃槍，情急之下，橫拖那狗，一起投入河中。

那狗不住撲騰，嘴上只消得一鬆，羅思舉立時將右腿順水流一擺，那狗便教沖刷遠去，嗚咽哀鳴，漸無聲息。

余可佛不及痛惜愛犬之失，雙足一拔，跳到河中央一條浮木上，看準水裏一條黑沉沉的影兒，插槍入水，亂刺一通。陡然，腕上一沉，暗叫不妙，抽槍之際，羅思舉藉勢破水而出，握劍一招「白龍出水」，削余可佛左膝，站定浮木一端。這下卻提點了余可佛，當下不加躲避，乘羅思舉右腿不利，槍尾又篤又戳，看了南昭一眼，道：「你小子有眼光，不要那潑辣老的，改要這少艾乖的！」

羅思舉「噔噔噔」退後三步，眼看再退，浮木這一頭便要承受不住。也不理余可佛討口舌便宜，左足疾忙一蹬，一個筋斗翻過余可佛頭頂，長劍刺他後背。

河上二人鬥得不可開交之際，兩個武弁商議著到底該如何助陣，說來說去，到底一籌莫展。南昭以手撐地，挪出營帳，道：「拿弓來！」那兩個武弁卻不理他。南昭抓過地上兩顆石子，扣指兩彈，一先一後，正中他們腦戶。

那年紀稍長的武弁性情最是急躁，一邊道：「這些女人，一個兩個，偏要在關節大事上搗亂！」一邊大部踏來，彎腰伸手，捉南昭手腕。南昭抬手扇他一記耳光，另一手拿他手肘下三寸，一扭一帶，這身材魁梧的漢子教他拖到地上，肋骨生痛。

南昭改捏他腕骨，湊到面前，道：「拿弓來！」那年輕的武弁趕忙解下背上弓箭，遞與南昭。

南昭鬆開那武弁，跪坐挽弓。

河上二人一時高躍濺浪，一時低沉涉足，無不仗著一具斷木，漂浮於流水之上，總之是難分難解。思舉動作猛烈，腿上傷口已被撕扯得血肉模糊。

南昭箭頭左右遊移，好沒決斷。兩個武弁在旁提心吊膽，都道：「要是傷了我們羅團頭該怎辦？」南昭冷然道：「你不閉嘴，我便亂射一通，誰也別想活命。」那年長的武弁道：「這……這……」作勢要搶南昭手中弓箭，被那年輕的攔住，道：「多等一會。」

南昭眼瞄余可佛，知他是殺死父親和弟弟的幫凶，只覺怒海沸騰，憎很至極，甚至蓋過了關切思舉之心。硬起心腸，強自平心靜氣，弓張如滿月，箭矢如流星，「噗」的一聲，余可佛左肩中箭，掉進水裏。

遙見思舉喘息半晌，武弁抛出繩索，把他拉回岸邊。他手捂右耳，鮮血順臉頰一直流至沒領。原來南昭這一箭，雖然得手，但高手過招，一毫一髮之至，瞬息萬變，那箭是擦著思舉右耳而去的。

南昭只覺渾身發軟，沒了方才那股硬氣，又不想思舉誤會自己，道：「我不傷你，你性命不保。我若傷你，尚可敗退余可佛。」羅思舉溫和的道：「我怎會怪你呢！待我把這副模樣打理乾淨，再正正經經的謝謝你。」南昭一陣面紅耳赤。

這夜裏，羅思舉與南昭對坐帳中。羅思舉道：「妹妹好功夫，不知道師父是哪一位？」南昭一路等他稱讚，聽他一來便問師承，突然不想說了。道：「你哪管得著我師父是誰？」

羅思舉道：「妹妹說哪裏的話？我在你這年紀時，渾渾噩噩，武功更是望塵莫及。」南昭這才高興起來。

思舉道：「我聽說，歐陽步化歐陽老前輩擅長雙刀法，還有一套武學寶典，名叫『長生譜』。據聞練成譜上功夫，可以延年益壽，甚至長生不死。江湖中人雖然垂涎寶典，但歐陽前輩武功實在深不可測，都不敢有絲毫異動。歐陽步化一共收了三個徒弟，一個男的，兩個女的。其中一個女徒，天資聰穎，甚得他喜愛，所以將長生譜盡數相傳。」

南昭「嗯」的一聲，道：「你說的，我都聽說過。」

羅思舉道：「余可佛機關算盡，不做無用之事。他是想搶那長生譜罷？」

南昭道：「你誤會了，我不是那歐陽步化的徒弟。余可佛拿我，不過是為了我行刺舅父的緣故。來時傑是白號白蓮教的軍師，他不會饒過我。」羅思舉自知不是，一笑道：「你這女孩兒，心眼真多。我不問你了。」

一行人來到烏鎮。其時烏鎮已被齊二寡婦侵佔，但一群亂賊，又無治理之道，各處防備甚疏，四人將兵刃藏在衣服、包袱裏，喬裝成平頭百姓，找到一所棄房，安置其中。

到晌午，暉暈燦爛，一起白蓮教徒走過屋子，見有炊烟升起，相顧道：「稀奇！這戶人家還沒有逃走，咱們進去吃他一頓、拿他一些。」不由分說，撞破柴扉，闖進屋子。

羅思舉擋在眾徒身前，雙手攏袖，溫和的道：「各位大哥，有何貴幹哪？」當中一個教徒見屋裏簡陋，桌上集塵，也沒個杯碟碗筷，生了疑心，手掌高高揚起，便要抓思舉的衣領問個清楚。

南昭橫刀鞘一攔，道：「這位大哥，請借一步說話。」那白蓮教徒喝道：「你有屁就放，甚麼借不借一步的？」南昭道：「大哥，天公面黑，怎個法子，令他笑逐顏開？」那白蓮教徒這才斂了氣焰，上上下下的打量他，不發一語，一前一後，相隔三步，走到一旁。

那白蓮教徒不放心的看了思舉一眼，道：「逢三不開口。」南昭應道：「逢三不出手。」

那教徒神色立時變得恭敬無比，南昭道：「你叫甚麼名字？」那教徒道：「小的張漢潮。」南昭道：「張漢潮，我們在這裏休息，有甚麼閑雜人等來騷擾，唯你是問，知道麼？」

那張漢潮道：「是、是。」招手吩咐餘人道：「這裏不准任何人來，直到二師父回來，聽見了嗎？」又是問候又是抱拳，片刻走得乾乾淨淨。

羅思舉道：「你這丫頭，那邊與白號翻臉，這頭卻跟黃號聯絡？」南昭連忙撇清干係，道：「我又不信教，與他們不是一路。我只是剛巧偷聽來他們教中的暗號。」羅思舉不疑有他，道：「你得留神，別露餡兒了。此地始終不宜久留，明天一早，我帶你回歐陽前輩住所，便該與你道別了。」

南昭雖然應下，當日就趁三人繪畫烏鎮地圖的時候，偷偷溜出屋子，來到城西，轉入不眠巷，走到第十三棵槐樹，通往左側，來到一座小屋前。

穿過前院，跑上兩步，正要推門，忽感後頸寒氣逼凝，汗毛倒豎，一矮身，運出獨門「禹步」輕功，轉下石階，回身望清，失聲道：「大師哥、三師妹！」

當先一人是歐陽步化之長徒，名叫晁旦，生得一表人才。一名十五六歲、意態可人的少女站在他身後，是南昭的三師妹張朧。二人各執一刀在手，面帶怒容。

晁旦道：「南昭，你還有臉回來！」

南昭也是個情真急怒之人，道：「大師兄若有不滿，當按規矩說清楚，從後偷襲，那是個甚麼玩意？」

三師妹張朧道：「師父傳你長生譜上功夫，你卻害得他武功失散，余大俠已與我們說得一清二楚。跟你說？哼，那不是問賊贓在哪兒麼！」南昭道：「你說師父怎麼了？」晁旦道：「明知故問！你若再不回轉，我就要代行師父之責，廢你武功。」

南昭冷冷的道：「我正自疑惑，師父傳我長生譜的事怎麼傳得街知巷聞，原來是你們搗的鬼。同門一場，喪心病狂至此！閃開，讓我進去見師父！」

二人教他當面拆穿，漲紅了面皮。晁旦一使眼色，二人掄刀，分左右兩路，欺近南昭身前。南昭與他們自幼比武，對他們的一招一式，瞭如指掌。不見他如何動彈，刀已在手，兩腿弓張，轉腰之際，一擋一發，退開了二人。

三師兄妹當中，南昭的功夫向來勝出，是以二人也不敢與他單打獨鬥，但一場下來，南昭氣勢猶在二人之上，晁張二人對望一眼，均是駭然。晁旦心道：「我說師父偏心，果然不錯。」張朧朝他使個眼色，低聲道：「不理了，先動手，等他來。」倒提柳葉刀，一招「比干解襟」，狠中求勝。晁旦見狀，也是一招「鳥盡弓藏」，刀面放平，橫削南昭腳踝。

南昭手快，腳更快，提膝收腹一踏，踹住晁旦那刀面，運刀柄擋在胸前，等張朧刀至，只感一陣鈍痛。道：「該到我了！」說罷，右足仍是緊踏，左足踢進土裏，猛力一提，那刀「啪」的一聲，從腹中折斷。

張朧見快不過南昭，疾忙變招，凝刀一抖，勢如壯虎出穴。南昭道：「讓你見識一下，這招『比干解襟』到底如何使！」也來跟他比力，聚力於臂，對張朧來勢視若無睹，直砍他手腕。張朧甚自惜，生恐南昭要廢了自己手腕，手上一怯，南昭再欺一步，張朧眼前一花，手腕一震，單刀哐啷落地。原來南昭臨時轉動刀柄，用刀背砍落，本不是存心傷他。

南昭動過手，心氣也自平復，一掀袍腳，跑上石階。耳後勁風聲息，反手一擒，拈來兩顆石子，卻不防有第三顆緊隨而來，腿上「膝陽光」穴一軟，幾欲跪倒。雖與房門只有咫尺之隔，已半分不能挪動。

來人站在晁旦與張朧之間，影頎肩寬，身形輕柔，似乎與身後一磚一瓦、一草一木，並無兩樣，但驕傲過人，自與萬物不同。

南昭認得他是仇人「萍蹤二郎」余可佛，一股寒意打從腳下生出，既懼且恨，雖勉力控制，面上仍不免繃緊。

余可佛步步走近，道：「南姑娘，尊師病危之初，傳你『長生譜』，本意教你與同門分享，怎料你不但私吞秘笈，還對同門痛下殺手。這原是家務事，但姓余的我也是武林中人，只好管一管了！」

南昭對師兄妹說道：「此人司馬昭之心，意在得到長生譜，你們還不醒悟嗎！」

余可佛負手來到南昭身前，南昭冷不防一閃刀鋒，痛下殺著，余可佛矮身與他平視，伸手相交，將南昭腰馬之力，消得無影無蹤，兩指慢條斯理的一夾，抽絲剝繭般，取下他的兵刃。

張朧在後稱讚道：「余大哥好功夫！」余可佛右手如抓魚般扣著南昭兩隻手腕，回頭道：「等張小妹練成長生譜上功夫，我便只有討饒的份兒了！」

南昭掙了兩掙，只覺如在鐵鉗，忽爾笑道：「余大哥、余大哥，叫得可親熱！天知曉，我把長生譜吃進肚子裏了、投進火盆裏了，你翻天覆地、也沒用！」

余可佛左手捏著他的臉頰，端詳半晌，道：「那我只好把你帶到司徒步化他老人家病榻前，又或者屍身前、靈前、墓前好好審問了。」

一道蒼勁有力的聲音傳來，道：「老夫還未死呢，祭拜哭喪的人已踩到我門檻上來啦！」餘音越頂，屋外諸人耳中隱隱生痛。

余可佛心道：「糟糕！晁旦和朧朧都道那老匹夫時日無多，如今聽他語音充沛雄渾，哪有半點傷病？我一腳踹進馬蜂窩了！」

只見屋內踱出一個頭髮斑白、龍鬚虎目的老人來。他步下台階，佇立門前樹下，樹蔭蔽影，黑通通的猶如一團混沌。南昭心中激蕩，跑上前拜倒，道：「師父！」歐陽步化微微一嘆，吞下胸中一股濁氣。他愈是沉默，余可佛就愈是心驚，不知這位高深莫測的武林前輩要如何對付自己。

微風吹拂，這回輪到余可佛打冷顫，汗水冷涔涔的落下。

歐陽步化終於輕聲說道：「姓余的小子，你幼遭不幸，被你師父帶進門下，養育成人。你卻因一點爭拗，殘害同門。你師父饒你一命，將你逐出師門。你已得了一次改過自新的機會，竟然還不知悔改！」

余可佛聽他一語道出陳年隱事，汗流浹背，心道：「師父死了，昔日的同門也教我殺得乾乾淨淨，他是怎麼知道的？」

歐陽步化續道：「我且不與你為難，只要你今後不惡不善，此生便有了緣。你去罷。」余可佛如蒙大赦，弓腰作揖，不忘再看張朧一眼，轉眼間跑得無影無蹤。

歐陽步化把眼來睃晁旦與張朧，面色不悅。二人面紅耳赤，低頭不敢說話。歐陽步化一抬右手，令南昭跟隨入屋掩門，將他們兩個晾在外頭。一至床邊，人如燭火搖曳，面如金紙輕薄。南昭搶上去扶，道：「師……」歐陽步化卻搖搖頭，示意他不可聲張。南昭小心翼翼的攙他到椅邊，讓他靠著椅背緩緩的坐了。

歐陽步化道：「晁旦所言是實，為師傳你長生譜之後，功力散盡，兩個不成器的徒弟又在外胡纏蠻攪，耗我心力，如今已經到了燈枯油乾的境地。」南昭大吃一驚，歐陽步化不容他開口，道：「為師傳你譜籍時，已知道有此後果。」

南昭淒然道：「練了長生譜，竟不能長生，而索壽至此。徒兒慚愧，一無是處，縱有奇功之助，亦報不了父仇。徒兒不練了，便盡數還給師父。徒兒現在死了，絕無二話。」

歐陽步化道：「孩子氣的話！你偷偷跑去報仇，一旦送上性命，我們這一支長生譜便再無傳人。如此後果，你半分未曾想過。」南昭羞愧得無地自容，道：「是徒兒錯了。」

歐陽步化道：「你也別學那白蓮的邪妄，甚麼有了雲城手卷、即能升天云云。你須當心，白蓮所以能夠矇騙世人，皆其真真假假，莫可辨認，他這『賣』與『贖』的關係，拿捏確是。然而二者之間，如何是錢財利益所化解得了的？」

南昭道：「徒兒被師父說得迷糊了，師父教的向來是武功，徒兒學的也向來是武功，跟那勞什子『賣』與『贖』無干得緊！」

歐陽步化道：「昭兒，你把長生譜背來給師父聽聽。」

南昭道：「長生歌云：

我本是、海棠花，易老易心傷。

轉流年、張萬面，忽顰忽作笑。

風困雨、鎖韶光，不由我凋零。」

他頓了頓，續背道：「首句注：賣櫝還留真珠子。第二句注：無解。末句注：百身來贖不滅魂。」

歐陽步化道：「是了。世人都以為長生譜是一本練武的法門，其實他只是幾句不成之文，口口相傳。」南昭道：「徒兒讀書不精，不知道這幾句話是甚麼意思。」

歐陽步化道：「人從出世起始，賣身世界，至死方贖。不論你信佛、信命、信風水，甚或信那拜上帝夷教，實都是行那賣身的職責，為赴死亡奔波勞碌。

水何向東流？言：地起伏勢，西高東低。地何為此？一說盤古開闢，一說地震湊成，解釋到底，沒有解釋，也沒有含義。

昭兒，你練武功，就是練到天下無敵，那又如何？到底從死、贖去一身債。所謂『君子生非異也，善假於物也。』修煉武功，不是教你與人強為敵，是要贖你於未死，生生不息，永無止境。」

南昭道：「如何贖法？」

歐陽步化道：「忘記過去，不為將來，活在此時，死在此刻。謂之長生。」南昭垂淚道：「徒弟斗膽問一句，師父也練長生譜，原就可以長生，為何就把長生譜傳給我？」

歐陽步化喟然長嘆，道：「孩子，誰說我練成長生譜了？我恃首、尾兩句，猶可練成武功天下第一，但長生歌的第二句是『賣』與『贖』之間的連接，亦即長生的樞機關鍵，為師始終參不透，恐怕一生都無法破解，這才傳你此譜。此後能否得長生，就看你造化了。」

一言既畢，房子轟然坍塌，只有南昭所跪之處，塵埃不起。晁旦與張朧乍聽響動，都逃得不知去向。

門前樹下空蕩蕩的，兩個同門已不見了蹤影。南昭跪在樹後，拜了三拜，自回去找羅思舉。思舉笑道：「我只道再也見不著你了！」南昭怔怔的，簌簌掉淚。

羅思舉見自己一句話，竟惹得南昭如此傷心，忖道：「真是個愛哭的孩子，這原也難怪他。聽聞歐陽步化已及大限，他這副模樣，只怕這位宗師已經辭世了。」道：「喝碗熱湯罷。」南昭紅了鼻尖，捧起大碗，乖乖的點頭。火光忽明忽暗，思舉鄉情忽起，說起家中小妹，疼愛之情溢於言表。又道：「你隨我找到襄陽大本營，我差人送你到東鄉縣，你可以與我妹妹作伴，教他一點粗淺武藝，也是好。」南昭「嗯」的一聲，始露笑意，還是頭一遭。

羅思舉心道：「這小妹妹時時愁眉苦臉，不知心裏想甚麼。笑起上來，倒是一個標緻的姑娘。」南昭心裏卻是反反覆覆的在想：他是我練就長生譜這條路上、最大的一塊絆腳石。

這時，那兩名武弁在外打獵回來，一句沒一句的搭話，說到新近探聽得來的風聲，開始眉飛色舞。

「『四方群盜領袖』齊二寡婦，有機會當去瞻仰瞻仰的。」「那婆娘很美麼？抵得你這般惦記。」「我怎麼知道？只知道他年紀輕輕，當了寡婦。那死去的老公叫齊林，便因為習白蓮教給官府殺掉。然後呢，帶著一幫徒弟造反，攻佔了這烏鎮，還道他如何厲害，不想他一旦離開了這小鎮，便遭副都統賽沖阿拿住，如今收在牢裏。挨得多，皮相必不甚好。我就想見識一下，一定得俏想人家嗎！」

羅思舉神色一緊，道：「你們在說甚麼？」思舉沉默寡言，也從不打斷別人說話，此刻急切形於顏色，兩人均感奇怪，還是如實說道：「那黃號齊二寡婦不是佔了咱們這鎮嗎，他兩日前在宜城外探路，恰被賽沖阿副都統撞見，聽說練鬥了幾百個回合，那婦人才落敗。」

羅思舉不耐煩聽他東扯西扯，問道：「這個齊二寡婦，如今關押在哪裏？」一個武弁道：「小的不曉得。副都統駐軍宜城，或許是那裏罷。」羅思舉霍地起身，道：「麻煩兩位哥子幫我護送這妹妹去襄陽，我先行一步去宜城。」

餘人一頭霧水，思舉已拉過馬兒的嚼環，促蹄絕塵而去。之後南昭數念思舉，旋壓諸心底。三人次日一早啟程，到第五日上，南昭聽得武弁說白蓮教，不由得打疊精神。

那年輕的道：「白蓮教現下這樣聲勢浩大，莫非他們習的妖法子真的管用？」

那年老的冷笑道：「我村中曾有一個習教的，我有一年大病，他開了服符讓我喝下，他媽的病沒好，肚子痛了幾天。你說管用不管用？」那年輕的道：「這樣說來，白蓮教不過是一群到處招搖撞騙的無賴，當今萬歲爺又何來為他驚動？」

那年老的道：「傻子，符水符咒那等伎倆，是白號白蓮教專業。我看還是黃號白蓮教招人入教的伎倆管用。」那年輕的道：「欸？我只知道白號是王三槐統領、黃號是齊二寡婦統領，卻不知兩號騙人也用上不同的法子。」

那年老的斂眉深思起來，道：「這些是羅團頭以前對我說的，聽著很有道理。團頭說『用兵之道，攻心為上』，齊二寡婦使的就是這招。黃號白蓮教攻佔村鎮之後，放任良民逃竄。他們投向官兵，希望官兵會庇佑他們。怎料到官兵貪圖功勞，說他們從白蓮教所佔之地來，必是教匪無疑，屈打成招。這些良民見左右是個絕路，不如在白蓮教中掙個一席之位，好歹有孩兒侍奉，久而久之，都是真心實意的替白蓮教作事。」

那年輕的道：「如此說來，齊二寡婦雖是一個女人，卻很是聰明！」

那年老的嘆了口氣，道：「女人聰明起來就天下大亂啦！齊二寡婦不像王三槐那般貪戀城中舒適，一旦陷城，大舉焚燒擄掠，隨即撤入深山之中，散落老林之間，令官兵無從一網打盡。連羅團頭也不得不讚他用兵有道。老天有眼，教副都統將他擒住了，省得他繼續禍害人間。」

南昭聽到最後一句話，心頭火氣一旺，道：「齊二寡婦有甚麼了不起的？我若與他鬥上一場，必定勝過他。」

說話間，三人已到了襄陽外城。進了一家麵館，方才坐下，門外跑過一名小兵，只聽他聲音遠遠傳出：「賽沖阿副都統回城啦！賽沖阿副都統回城啦！」

城門敞處，驍騎輕印。當先一人，一身正黃旗甲冑纓盔，軒昂魁梧。軍兵簇擁一輛鐵車，武弁都說裏頭關押的，便是那「齊二寡婦」，又道：「副都統提早從宜城過來襄陽，羅團頭前日才到宜城，料來沒碰著副都統，看來是白跑了一趟。」那年輕的武弁對南昭道：「你且跟我們到副都統大人面前報告罷，好幫團頭陳述那破豐城時的情形。」

晌午，副都統升帳，傳二武弁進帳。

賽沖阿正為一事愁煩，頭也不抬的道：「豐城如今怎個情形？」那年老的武弁道：「恭喜大人，豐城已破！」賽沖阿大吃一驚，卻不問其詳，道：「羅思舉呢？」

武弁道：「團頭調兵守豐城去了。」賽沖阿面色鐵青，道：「羅思舉好大的本事！」武弁不敢應聲。但賽沖阿是滿人的巴圖魯，自然有他過人之處，知道個緩急輕重，遂道：「將羅思舉如何破城，原原本本的説一次。」

武弁道：「小的二人在城外守望，到夜半時分，忽見城內火光衝天。再之後，白蓮匪徒蜂擁逃竄。但城中究竟發生了甚麼，卻要由此女轉述。」

賽沖阿才見武弁身後一抹殊色，待他上前，定睛再看，見他腰間佩刀、身姿挺拔，必定身懷武藝。靈機一動，問道：「破城當晚，你在城內？」南昭也不知該説多少，只答：「是。」

賽沖阿道：「你家住豐城麼？」南昭道：「不是。白蓮教殺我家人，我入城尋仇。」賽沖阿聽他語音響亮充沛，暗叫可惜：「若此人是個男子，我不會如此作為。」道：「教匪眾多，你卻向誰尋仇？」南昭道：「賊首王三槐。」

賽沖阿道：「有膽量！你使甚麼樣的兵刃？」南昭不疑有他，解下一雙柳葉刀，奉上賽沖阿案頭。賽沖阿心道：「此女練的哪門子鬼技，第二把刀從哪裏取來，我竟未看清。」

一面端詳刀鋒，一面説道：「你如何便向王三槐尋仇，卻不向齊二寡婦尋仇？」

南昭不假思索，實話實説，道：「我查明是王三槐一夥所為，齊二寡婦跟王三槐又不相干。」

賽沖阿聽見這句話，正中下懷，道：「你這女子身懷利器，又替齊二寡婦辯解，分明是與黃號白蓮教一夥的。來人，拿下了！」

十幾個親兵撲出，南昭空拳揮倒兩人，掃堂腿又絆倒三個，但抵不住親兵前仆後繼，終被壓倒在地，五花大綁。

原來賽沖阿雖然捉到齊二寡婦，卻沒有同供，功勞稍嫌單薄。須得再作一兩個賊黨手下，才顯出齊二寡婦賊首地位。南昭身懷武藝，又是女子，充當齊二手下，再是適合不過。

南昭不清狀況，不住蠢蠢掙扎。耳邊，賽沖阿道：「此女打傷官兵，意欲拒捕逃走，分明心中有鬼。遞交司院審問，明日供詞不出，即時問斬。」

差役書吏得副都統命，不敢怠慢。南昭未言，先招一輪毒打。至皮開肉綻，拖到板凳上坐了，書吏抬出縣太爺的威風，道：「賊婦！如何習教、如何造反，如實招來！」南昭腦脹欲裂，道：「我不曾習教。」

書吏提筆寫下「罪婦十歲隨父拜神」八字，道：「被父親招引入教，那確是不幸。可能罪不致死。」南昭道：「我不……」書吏道：「拒不招供，那就該死。」南昭道：「我便死罷，沒甚麼可告訴你的。」書吏道：「早死遲死，快死慢死，都是不同。你回去好好睡一覺，夢見了甚麼事實，明日原原本本的跟我説一遍。」……

鏽欄之間探望，方天斷雲，星困夜噤。南昭想起大仇未報，又受此莫名冤屈，不由得悲從中來，放聲大哭。

牢中角落傳來一忽輕笑，道：「你哭甚麼？」南昭聽罷，脖子一縮。這把聲音遠比冰雪刺骨，遠比磐石堅硬。見身後黑暗與光明交爭隱藏、映照著一張面孔。這張面孔是美麗的，不在於他閉月羞花，而在於他傲齊雪峰，賽風競洪。

這時烏雲捉日，天色陡暗，將那人籠罩在塵光之中。

那人道：「過來坐。」聲似鴻鵠抓雪。南昭怔怔地，如受妖魔勾引，果然坐近那人。

見他：花布纏髻，細眉鳳眼，膚色黝黑，耳飾兩顆大珍珠。十足英俊，不可殫形。

那人道：「你叫甚麼？」南昭如實以告，卻不敢反問。

那人鳳眼微折，道：「他們都叫我齊二寡婦。」南昭「啊」的一聲，神色明暗不定，又緩緩挪回原處。心中一道聲音大喊大叫：「就是他！他就是齊二寡婦！」

齊二寡婦揚眉道：「怪了，我害過你不成？」

南昭道：「你是白蓮教中領袖的，可對？」齊二寡婦道：「不錯！」南昭道：「我父親和弟弟因你邪教而死。我陷入這場無妄之災，皆是拜你所賜。我真想立時就殺了你！」齊二寡婦道：「嘖嘖，定是那些鷹爪孫逼供，要將你打作我的同黨。」

南昭雙頰漲紅，道：「無非因你白蓮教無端白事反抗朝廷！」

齊二寡婦道：「我為何反抗朝廷，確是要惹是生非，但也並非沒由沒來，這些我來日與你講。」南昭冷冷的道：「你有來日嗎？」

齊二寡婦不以為忤，摸著耳垂上珍珠，眼神如雷電般懾人。

牢中又濕又冷，南昭翻來覆去，齊二的聲音始終縈繞不去，終於朦朦朧朧、半睡半醒，耳邊傳來一下呼喚：「聰兒！」聲音好生熟悉，原來是那偶闖意念的羅思舉。腦中電閃雷鳴，白日裏一點情愫，始復涔溢。

羅思舉又喚道：「聰兒！」話中大有纏綿之意，南昭只感耳根發燙，一顆心「噗通噗通」的跳動。如為夢魘所困，只能在腦海中呼喚：「羅思舉！我在這裏，你來救我麼？」

半晌，齊二寡婦輕輕「嗯」了一聲。

啪嗒！南昭的心弦應聲而斷，濕寒滲到骨子裏。

羅思舉道：「聰兒，天有眼，我到了宜城，才知道賽沖阿又將你押到襄陽。我只道再也見你不著了。」齊二寡婦道：「羅大爺來見我這個賊婦人，可是有甚麼吩咐？」

羅思舉艱澀的道：「我……我不過看你可肯跟我遠走高飛？」

這下大出齊二寡婦所料，目光頓時變得晶瑩柔和。道：「你捨得下舊日的兄弟？捨得下功名？」

羅思舉道：「你捨得下白蓮教，我便捨得下一切。」直教齊二寡婦大為躊躇。道：「你知道，我不安於是，喜歡鬧事。」羅思舉道：「為了我，聰兒。」二人似乎穿囹圄，十指相扣。

齊二寡婦低下頭，蚊吶般嗯的一聲。羅思舉心情激蕩，借月鑒容顏，終露笑意。

思舉走後，齊二寡婦向南昭輕輕道：「你説呢？」南昭本就淚痕滿面。

第二日清晨，差役把南昭提出去梳理説辭。

書吏道：「昨晚可有好夢？」南昭哪鬥得過胥吏老練，道：「我只是被齊二寡婦捉去，不知道旁的。」書吏道：「在哪裏捉去？」南昭道：「豐城。」書吏道：「齊二寡婦是襄陽人。」南昭改口道：「我在襄陽被他拐走。」

書吏得了靈感，提筆續寫：「後因齊二寡婦拐騙，納根基錢五錢，拜之為師，協從為禍楚地。」又略嫌沉悶，添道：「齊二欲以其為衣缽。」問道：「你與那齊二寡婦同囚一宿，他為人如何？」南昭不覺順從的一想，道：「水性楊花。」一語既畢，心頭閃過一絲快意。自南昭首次耳聞「齊二寡婦」四隻字，所遇絕無好事，這時暗裏抹他一把黑炭，稍慰憤懣之情。

書吏又問那黃號造反細節，南昭胡謅一番，若有前言不對後語之處，經書吏提點，再加思索修正。末了，那書吏道：「好了，你這女犯倒也乖巧，回頭多與你一點飯菜。」

回到牢中，眼睜睜看著三條臨窗休歇的壁虎，南昭似乎明白了父親上京的原因。當躺著、走著、說話、緘默、睜眼、閉眼都是那麼一回事，再大膽的想法與對鏡自顧實在一般自然，一般索然。

如此數日（南昭也不知實在是多少日）一段故事終於潤飾完整。

那書吏道：「行了，你看一遍，無誤，便畫個手押。」不消半眼，差役已拉起南昭的手，摁了下去，左右勻轉。看著蘸飽硃砂的大拇指，看書吏一副大功告成的模樣，再看滿紙荒唐，虛虛實實，事無其存，字無其義，猶樹無其根，是該倒了。

書吏見墨水未乾，取紙一揚，一晃腦袋，方才吹出一口氣——轟隆隆！訊房邊角往內塌陷，那差役的眉心徒然多了一個針口，鮮血汩汩外湧，蛛網佈面，瞪眼氣絕。那書吏最機靈，丟下供詞，探手牆角，一矮身，一溜煙的跑了。

幾條矯健的人影躍進室中。南昭心底雀躍，卻見這五個不速之客均白衣樸巾，箭袖長靴，原來素不相識，不禁失望無比。

五人之中為首的青年十指一張，銀針叢發，幾個差役哼也沒哼，都成了刺蝟。取差役腰間的鑰匙，解南昭手腳上的鐐銬，見他虛弱，扶到外頭安上馬。

皚雪折出千道陽光，南昭眯眼，不遠處另一起幾十號的白衣人釘繩牢牆，掉馬頭、策馬臀，土牆上塵埃簌簌滾下，接著，轟然拖垮。

白蓮教徒奏起絲竹，敲響鑼鼓；白袂翻飛，齊二寡婦信步踱出，兩腕雙足，斷鐐叮噹。

那青年首當隊伍，飛奔抱拳，滑地跪倒，道：「弟子恭迎二師父回歸教壇，起事反清的旗號都已備好了，師父請看！」

齊二的丈夫齊林便是這一支教匪的大師父，立壇後使妻子為二師父，地位儼如眾徒之母，頗得尊榮。那青年是齊林的大弟子。只見那大弟子壯臂一招，白蓮左右護法各持一面白旗上前，左護法示「為夫復仇」，右護法擺「官逼民反」。

那大弟子滿腔信仰，雙手拔地高舉，遞上齊二寡婦慣用的六尺偃月刀，朗聲道：「恭迎二師父歸壇！」

齊二寡婦一雙熠熠生輝的鳳眼中，罕有的露出豫色。伸手摩挲刀刃乾涸的血跡，卻見刀背仍是白花花乾淨的，一時舉棋不定。

馬蹄得得響起，只見羅思舉風塵僕僕，勒繮顫馬。馬兒兀自走走立立。南昭道：「羅思舉！」

羅思舉全副精神，都放在了齊二寡婦身上，卻見不到南昭。傷心的道：「王聰兒，你好！」

齊二寡婦攫過偃月刀，一掠髮鬟，昂首道：「我好甚麼？」

白衣青年聽齊二寡婦語氣並不如何硬正，生恐他變卦，納頭振臂，十幾根銀針如漫天細雨，兜頭罩下。羅思舉嗅到一陣腥風，知針頭淬毒，使出「四兩撥千斤」的功夫，憑空撥轉乾坤，銀針轉向，反撲來路。

眼看青年就要喪生針下，齊二寡婦抄起一塊磚頭，暗運勁力，踢毽子般將磚頭踹去。磚頭半途爆裂，塵屑像一件大衣，環抱利針，沙雨投地。

羅思舉見齊二雖不願與自己為敵，卻也不願捨眾相隨，失望頂透，夾馬腹離場。那青年甚不忿，趕在後頭，揚手發出兩隻喋血鏢，緊咬思舉不放。羅思舉再不留手，馬鞭「唰唰」兩下，那喋血鏢滴溜溜的轉了個圈，反噬其主。齊二寡婦欲出手相救，但為時已晚，那青年胸前中鏢，倒在血泊中。

齊二寡婦素喜此大弟子，霎時心起反叛，喝道：「姓羅的要領功，把我殺掉便是。」提刀跨馬，卻見四方八面，人馬闐闐，清兵援軍已到，不禁面色一凝。羅思舉回頭看他一眼，踏血而去。南昭惆悵若失，惱恨思舉無情，也恨齊二寡婦妄為。

齊二寡婦情知勢無可挽，長嘆一聲。一聲令下，徒眾蜂擁埋伏殘垣之後，賽沖阿領著旗軍到來，只見衙門前只有齊二寡婦一人。

這婦人面目英俊，丰采綽約；耳佩大珍珠，胯下黑駿馬，端的是神彩飛揚，流韻無倆。賽沖阿以前只拿齊二當草莽看待，如今一見，卻又忍不住看第二眼、第三眼，當下挑撥道：「齊二寡婦，咱們一決雌雄！」齊二寡婦謔道：「咱們雌雄本就定了，這是老天爺作的主。你輸了的話，莫非變做女人？」

賽沖阿大怒，咆哮一聲，瞬與齊二寡婦交鋒，過得十數招。

齊二寡婦自幼跑馬賣解，騎術精湛，輕輕一縱，黑馬已在賽沖阿身側。偃月刀旋擊他後心。賽沖阿頸際一寒，反手執刀格擋，雖然免於一死，也嚇出一身冷汗。齊二寡婦見絆住他，張臂招徒眾動手。

徒眾三四為伍，聲勢浩然振作。

這時那白蓮教左護法，名叫阮捨懷的，將一柄刀塞到南昭手中。旗兵見他手上尖刀，大叫道：「教匪，納命來！」揮刀「呼」的一下砍來，南昭不假思索，一招「白虹貫日」，反將他砍翻在地。阮捨懷一雙烏黑有神的眼睛一亮，癡癡的看著南昭。

南昭轉過身，見角落裏一個人鬼鬼祟祟的附壁摸牆，顯是要渾水摸魚。看得分明，係寫供紙的那書吏。但覺憎恨入骨，白刀子進、紅刀子出，劇目鮮紅。一時間五識之清明，前所未有。

齊二寡婦從他身邊掠過，嘉許的拍他肩頭，續和賽沖阿纏鬥。賽沖阿一身蠻力，愈鬥愈勇。齊二寡婦生怕耗盡精力，撮唇吹哨，回馬就走。即有兩個白蓮教徒伏鬃朝賽沖阿竄來，橫衝直撞，十二隻馬蹄，雜相踐踏。

賽沖阿砍一人下馬，卻已不見齊二寡婦蹤跡。南昭遠遠看見，剝下一具屍首上的長弓箭筒，跳上馬拉弓搭箭，銳目絞弦，五指一鬆。但聽「噗」一聲，賽沖阿肩上中箭。白蓮教士氣大振，朝南昭投以崇敬的目光。幾名膽大的教徒圍上前去，舉刀刺賽沖阿的大腿，想教他滾下馬來，好活捉他。忽然皆瞠目結舌，倒地而亡。

原來羅思舉折返，從後偷襲白蓮教徒，救下賽沖阿。當下將零星幾個旗兵佈置成一個小陣，一馬當先，揮劍殺敵，護擁賽沖阿撤離。

白蓮教徒見殺清軍主帥無望，便往城西流散，南昭也跟著他們。將近城西口，便見齊二寡婦周身傷口斑斑，提繮突圍。一伙人逐馬其後，窮追不捨。

剎那，齊二寡婦的黑馬失蹶前蹄，那婦人如箭矢滾騰下馬，偃月刀哐啷脫手。一個心急的追兵跑上前，彎腰拿他。齊二寡婦一個「鯉魚打挺」，一手肘撞他太陽穴，這人立時昏死過去。齊二旋感體力不支，躺在地上。

另外一個旗兵不信邪，下馬近之，齊二寡婦突然一個掃堂腿絆去。這旗兵倒也機靈，著地滾開，抽刀開架，攔腰一劈。刀至半路驟停，全身僵直的倒下。腦後插著一支羽箭，餘勁未消，兀自搖晃不定。南昭緩緩垂弓。

齊二寡婦輕扶雲髻，從死人堆中緩緩挺直腰骨，透露香閨羅帳懶起床一般風流。微笑道：「快活罷？」不聞回應，道：「我很喜歡你，以後便跟著我。」南昭對他既仰慕、又妒忌，不能自拔。

齊二寡婦道：「你穿黑色，跟我恰好一黑一白。」

第三回

巫山朝暮任書寫　杏村陌路入碧虛

齊二寡婦所率領的「黃號」一路白蓮教起事軍，在襄陽城把清軍殺得落花流水，而後援力弱，所以邊走邊打。各路人馬聽聞齊二寡婦新得了一員女將，弓法如神，指天放箭，能夠翀雲達日。因不知其名，又傳説此人面容終日快快，從不發笑，一身黑衣，都説他「愁雲慘霧」，説著説著，稱他做「慘霧娘子」便了。齊二自不免拿此事捉弄南昭。

當下黃號白蓮教軍往西進發。路上打家劫舍，不在話下。

南昭服侍齊二寡婦左右，見他好勇鬥狠，聰明睿智，卻偏愛自己，愈加敬重；將父親與弟弟遭來時傑殺害等事都告訴他，滿想著齊二必定會許諾助自己報仇，豈知那婦人只是淡淡點頭，別無他話。

這日齊二寡婦得探子報信後，命教眾連日趕路，到達四川境內的巴山老林、巫山一帶。軍伍安置在林中一條荒無人煙的村落之中。

齊二與南昭二人一早走進老林裏勘察地勢，眼見林內參天古木，不見天日，煙霧縈繞，經年不散。一綫陽光灑下，入眼簾時，呈青綠顏色。遇一巍峨高峰，雲氣收萃，扶搖翻騰，霎時間已轉過千面百態。霧嵐之間，一座觀影，綽綽約約，飄飄渺渺，難以攀極。

齊二寡婦仰首而望，道：「那定是個滋養人的好所在。」南昭道：「據講，巫山之地有一個高唐觀，我讀過當中一段韻事，不知聰姐可願意聽？」齊二興致甚高，道：「你說。」

南昭道：「相傳有一位國君遊歷高唐，白日裏忽感困倦，徐徐入夢。夢裏來了一個形貌麗姝的婦人，翩翩稍至。婦人向國君說道：『妾是巫山的女兒、高唐的客人。聽聞你造訪高唐，特來自薦枕席。』那國君便與他作了那男女之事。分別時，婦人說——這裏我要改了白話，反而不美，我原原本本的說與你知。那婦人說：『妾在巫山之陽，高丘之阻，旦為朝雲，暮為行雨。朝朝暮暮，陽台之下。』

那國君早上起來，整日觀視，印證那婦人之言，果見雲霞異彩，雨露紛霏。於是為他建造廟宇，取名『朝雲』。」

齊二寡婦道：「那婦人是巫山的女兒，是仙人。遮莫仙人也有凡夫的七情六欲？」南昭一怔，道：「傳說多是如此，解釋不通的。」齊二寡婦道：「你繼續說。」

南昭道：「後世一位詩人如此寫道：『纖雲弄巧，飛星傳恨，銀漢迢迢暗度。金風玉露一相逢，便勝卻人間無數。柔情似水，佳期如夢，忍顧鵲橋歸路。兩情若是久長時，又豈在朝朝暮暮。』最後兩句意思是說，如果兩個人情投意合，抵得住時日消磨，又何必如朝雲暮雨，久聚不散。」

齊二寡婦道：「照你這句話，傳說自有其道理，怎麼會解釋不通？神女至長生，原來如此。」南昭道：「聰姐莫非想解釋他為和長生？他本已與天同壽，那是與生俱來的。」

齊二寡婦道：「他生而無趣，原來只是一具枯木罷了。下凡一趟遊戲，換來你這小丫頭在路過巫山的時候，一頓回憶，如此就是永永遠遠的活著！」

南昭道：「這我不同意。神仙喝個水、說句話，還要奔著後人惦記不成？」

齊二寡婦媚笑道：「人家跟那國君幹的是喝水、說話那回事兒嗎？」南昭面上一紅，當下神色怫然。

齊二見他使小性兒，道：「武功至出神入化之境，與雲霧齊驅，與天地同壽，有甚麼奇怪的？」南昭卻不信，道：「武功再高，始終都是凡夫俗子、血肉之軀，哪裏能真的化為神仙！」

齊二揚馬鞭指著山峰，道：「你說的高唐觀，不是神話。我出家為尼的時候，庵裏的仙姑告訴我，巫山高唐觀中，住著一位外號『朝齡老人』的武林前輩。他的武功已臻無人，正正做到與雲霧齊驅、與天地同壽。」

南昭心中怦然，暗想：「朝齡老人莫不是練成了長生譜？」道：「這位老前輩見不見外客？」

齊二寡婦道：「天下想見他的人多了去，無不想得他傳授永生秘訣。但他終日在巫山之巔，偶爾會接引有緣人到高唐觀住上半年，但鮮有露面。傳言有一個名門子弟硬闖高唐觀，進觀後第一日語無倫次，第二日手足癱軟，第三日失心瘋癲。」

南昭只覺毛骨悚然，道：「長壽之人多是行善濟世之士，那朝齡老人手段這般毒辣，恐怕是浪得虛名。」

齊二寡婦道：「那也不見得。世上善人慘死橫禍、奸人老死牖下，都是常有。朝齡老人雖非聖賢，也非大奸大惡，在高唐觀住過的人出山後，運勢直上。我看這人，九成是神奇。」

南昭道：「人們想長壽想瘋了，編出這般故事來。」

齊二寡婦道：「我是個俗人，不知道長生不老有甚麼好。當時聽見那仙姑為無緣得見朝齡老人唉聲嘆氣，顯是對這位神人欽慕已極，不由得發笑，被罰三個月不准說話、不准作笑。」轉念一想，抿嘴笑道：「這懲罰對昭妹就不管用了，你原來也不言不笑，一派愁雲……」

南昭知他又要拿那事尋樂子，岔開話題，道：「聽姐作過尼姑？」

齊二道：「我那丈夫死了之後，我祝髮躲避官府耳目，每日所作之事，都是重蹈覆轍，裹足不動。那般永無止盡、屈指盼死的日子啊，盼你永遠不要知道。」

南昭不由得又想起父親，他盯著天花的日子，他感受病痛的時刻，他數算壁虎的分秒，了期該是何等渺杳。以致於女兒跪在病榻前、向他數述過往趣事，也只是換來他一個散渙的眼神，和一句木然之語：「……都不記得了。」

齊二寡婦道：「時候不早了，咱們回去罷。」

將至村口，有一個人立在樹下引頸盼望，等得獃了。齊二寡婦先至，立住馬腳，「嗤」的一聲笑他：「愣著幹甚麼？我有事情交付你。」

那濃眉大眼、黑面皮的少年不由得露出失望的神色，道：「二師父吩咐便是。」齊二寡婦妙目一橫，道：「我令你陪陪我那昭妹子，你臭小子還不樂意？」那少年隨即大喜，化作一陣旋風，迎上南昭，替他牽馬。

那日白蓮教劫獄，左護法阮捨懷在危急之時，向南昭遞了一柄刀。打那以後，此人頻頻在南昭眼前閑晃，等南昭理睬他了，便巴巴的獻殷勤。南昭稍曉人事，自然知道他的用意，但仍舊不冷不熱，愛理不理。

再有一日，南昭見村東有一棵槐樹，容貌古偉。樹下一排石墩，供奉土地公，香灰散堆。紅紙蠟蠟，涼風習習。

盤膝打坐，心道：「該如何修煉，才能達到『賣櫝還留真珠子』的境地？」無論如何思索，總是不得其解。忽然眉心一突，喉嚨一甜，嘴角滲出幾行血絲，心道：「糟糕！我中了來時傑鬼頭五毒，體內毒素未消，來犯五臟六腑。」

運功逼之，毒質卻如青木深種。惟有反行自保，以真氣護持，這才緩解痛楚。自知這樣做只是權宜之計，始終須服用對症解藥，方能根除。

心頭煩悶，再無心潛研長生譜。在石墩上伸展雙腿，取布拭刀。原來慣用的兩柄刀被賽沖阿收去，如今隨身這雙是新打的。雙刀孿生，一模一樣。並在一塊兒，別無嫌隙。刀面如鏡，見鏡中人，面青唇白，嬌憨不復，怔怔的流下淚來。

那阮捨懷路過見了，湊近道：「南姐姐，讓我來！」也坐上石墩，將那刀和布折在手中。南昭挨樹捉膝，眼珠一滑，眼內獨留一個影兒，是阮捨懷、也可想作是羅思舉，心想：「若他也這般待我，我立時死了也是心甘！」此念既生，愈是愀然不樂。

日光投到刀面上，驟然一閃，映出羅思舉的面容，頓時勾起一番邇愛遐想。猛然一醒，眨眼再開，原來那只是阮捨懷的臉。

此人見南昭盯著自己的倒影不語，滿心歡喜，抬頭衝他一笑。笑容裏滿腔熱誠，一片純真。

南昭心中苦澀，暗道：「我太痴傻，恐怕對著臭水溝也能看到他。不，我怎能拿他與臭水溝並提？」忍不住轉目再看，但見來時傑頂著滿面瘡疤，撲將而來！

南昭大叫一聲，跌落地上。一把聲音傳來，道：「昭妹，你來，給我餵招。」回頭見是齊二寡婦，猶自驚魂未定。

阮捨懷道：「南姐姐，你怎麼啦？」南昭搖搖頭，道：「沒事，撞邪了。」

齊二寡婦再喚道：「昭妹，快來！」南昭道：「是！」接回柳葉刀，離了樹蔭，齊二寡婦二話不說，左足一踏，右手一掠，說時遲、那時快，大刀如長臂，刀鋒如鷹啄，已攻至南昭面門。

南昭反應不及，唰唰唰的連退三步，這才穩住，腰一側、肩一甩，柳葉刀從後而前，橫阻面前。兩刀相交，終究是齊二的偃月刀在勁度上勝了一籌。南昭舉刀力透，旋身歇步之際，左手亦已亮出另一柄柳葉刀。

齊二「咦」的一聲，道：「昭妹另一面刀收得真是玄妙，我竟不曾看出來。」

南昭道：「妹這點伎倆，權是騙騙人罷了。」兩目一張，刀似雙龍交旋於天。歐陽步化創下的雙刀法有三字口訣：「收、潛、發」，其中以「潛」字的變化最多端，招式也最繁複精妙。三字可以分用，也可以並二者，或三者而用。

南昭此刻用的，只是收、發二字，旨在速取速決。

齊二寡婦不知他雙刀威力到底如何，偃月刀虛虛的挑戳，引蛇出洞，卻處處受制。心道：「歐陽步化的功夫果然不容小覷。」

齊二寡婦捉弄他道：「昭妹，你若三招內勝不了我，我便命左護法娶你為妻！」南昭一聽，果然沉不住氣，當下全然不顧章法對策，棄了一個「收」字，兩刀一揚，腳下疾前，左手一指，右手隨揮，右腳踢攏。

齊二只覺他來勢撲面，卻不如何逼人，雙腿紮穩，旋刀攔他飛腿，仗偃月刀體長之利，反轉刀尾，戳他咽喉。南昭一招不成，落地左肘一撐，齊二卻不容他東山再起，插足泥中，踢起灰塵。南昭舉手去擋，齊二左手忽出，扣指彈他手腕。

只見一柄柳葉刀橫飛天際，「哐啷」一聲砸碎了土地公泥塑。

齊二寡婦嘶啞魔魅的笑聲揚起，說道：「土地老公，莫怪莫怪！」伸手拉起南昭，拍去他肩上的灰泥，又道：「昭妹，命阮捨懷娶你為妻之語，不過是說笑，你怎麼和兔子一樣，又是天真，又是急了才咬人。你要像蛇。有一句說得好：『打蛇隨棍上』，每一隻字都有慧諦。」

南昭道：「但求聰姐明示。」

齊二寡婦道：「人家無故打我，我便順著他的責杖罷，再狠狠的咬他一口，管我最後是生是死。」

南昭咋舌，頗不認同。隔了一會，問道：「聰姐為何咬官府這麼一大口？」齊二眼珠一瞟，道：「我與羅思舉原來都是賊首，朝廷招攬他做官，我豈不是要矮他一頭？說不得，我也做個大王，還要高出一籌。」

南昭低聲道：「你不姓齊麼？」齊二寡婦笑道：「我氣他來著，我不愛那姓齊的。」南昭望向槐樹，樹下空空蕩蕩，人影沒了，舌尖絲絲失落，但願阮捨懷不要回心轉意，道：「我也不愛那姓阮的，只惜他愛我。」

齊二寡婦話鋒一轉，道：「昭妹，你情願為我做任何事麼？」南昭道：「聰姐知道，不必問。」齊二道：「好。」當下便帶他到一間大屋正廳之中，黃號中排得上號的，都聚齊了，站起身向齊二寡婦抱拳，各按其位。

齊二寡婦拍手道：「拖上來罷。」即有兩名壯漢將一個大黑包袱抬到廳上。扯緊包袱，

「哈」的一聲往外一抓，露出一個手足被縛、雙目緊閉的人來。

南昭瞧得親切，「啊」的一聲，道：「大師兄！」齊二寡婦道：「澆醒他。」手下打來一瓢水，迎頭淋下。

晁旦才悠悠轉醒，便聽見齊二寡婦道：「你師兄是個人才，堂堂七尺男兒，甘願做牡丹花下的死鬼。這也難怪他，桂姐兒貌若天仙，我若是個男人，也得傾倒。」

晁旦張嘴呼道：「桂姐兒！」南昭眉頭一皺，心想：「我這大師兄忒沒長進。」待晁旦看清遭遇，驚叫道：「你們是甚麼人？」

齊二寡婦從座旁挽來南昭，道：「你昔日二師妹，難道你認不得麼？」

晁旦一看，害怕起來，道：「二師妹，行行好，放過我罷！」南昭把眼望齊二，心想：「聽姐若是教我殺了大師兄，我殺是不殺？」

齊二寡婦道：「放了你？咱們桂姐兒用了渾身解數，才把你勾到手，哪裏可以就這樣便宜了。我問你，我是誰？」

晁旦道：「我不知道。」左護法阮捨懷道：「襄陽賊中領袖是誰？」右護法譚元辰道：

「白蓮法壇座首是誰？」齊二寡婦道：「我問你，我是誰？」

晁旦道：「啊，你是齊二寡婦。」

齊二寡婦道：「不對！掌嘴。」有個小嘍囉跑上前，揚手就是一記，五個大黑指痕清晰可見。譚元辰道：「二師父，此人脖子硬，合該扭下來。」阮捨懷道：「二師父，這事我來辦。」

晁旦忙不迭道：「我知道！我知道！別打我，你是二師父。」齊二寡婦點頭道：「是個可以點化的。給條板凳罷！」嘍囉替晁旦鬆了綁，搬到凳子上。齊二道：「人都說，歐陽步化的三個徒弟都是人中龍鳳，如今見了兩個，果然不錯。」

南昭當下便有些不滿。齊二輕按他的手，續道：「晁旦，你師父死後，你有甚麼志向哪？」

晁旦訥訥的道：「開個武館，教教拳腳功夫。」齊二寡婦嗤笑道：「啊？說完了？沒了？」語音隱隱透露一股魔力，令晁旦心氣填膺、恨不得立時就做出一番轟轟烈烈的事業來。晁旦方張了嘴，卻無言以對。

齊二挑眉道：「閣下的師承、天資、身手都是頂好的，卻甘心開個武館、教些拳腳功夫，一生就此……」俯身道：「沒了！」挨回背靠，道：「只能由兩個原因。一呢，自認技不如人。要不然，就是苦無良木。你是哪個？」

晁旦聽得熱血沸騰，滑下板凳，伏地道：「但求二師父引領。」齊二道：「你好好用功，必有大展拳腳時候。」晁旦道：「是、是！」

齊二寡婦道：「晁兄弟覺得桂姐兒如何？」晁旦腦子一熱，道：「他很好！」

齊二寡婦道：「你倘若做得不賴，我可以做媒人說合說合。」晁旦一顆心噗通、噗通的跳個不停，模樣像一隻垂涎的小狗。南昭暗罵：「膿包！」齊二道：「但桂姐兒是我手下得力的，我不能虧待了他，總得問個清楚。你們怎樣相識的？」

晁旦道：「我在高唐莊外打獵，當晚不及回去，和同伴們投宿旅館。臨睡前，聽見野外有人啼哭、有人叫罵，開門一看，原來有一群惡棍強搶民女。我看不過，出手救下那女子，就是桂姐兒了。」

南昭心道：「這樣俗套的把戲，桂姐兒偏偏就能玩出新花樣。」

齊二道：「這些我知道。你為何寄宿高唐莊？跟莊主朝齡主人是甚麼干係？」晁旦道：「我聽聞過朝齡主人的名頭，但我到他莊上做客一個月來，從未見過他。至於我為何得以到他莊上做客……」瞥了南昭一眼，道：「師父過世之後，我的三師妹與余可佛結成了好友。余可佛不知如何，探得上觀的道路，帶著我們一道到觀中做客。」

齊二寡婦微露詫異之色，片刻方道：「原來如此。」面上雖笑著，眼中卻不知在揆度甚麼。須臾，計謀既生，招過譚元辰，道：「你帶他下去，得好生招待照顧。」對眾人道：「其餘的人都散了罷。」

待廳上變得空無一人、落針可聞，獨握著南昭的手，將他帶到膝前，道：「我那般揉搓你師兄，你不怨我？」南昭低頭，道：「我與他是一起長大的情份，他在姐姐手底下有所成，我也替他高興。」

齊二寡婦道：「昭妹，你說你願意為我做任何事，真也不真？」南昭道：「妹願為赴湯蹈火。」齊二目露慰色，道：「你去一趟高唐觀，把『萍蹤二郎』余可佛和你那三師妹，招來為我所用。」

南昭大吃一驚，道：「聰姐，我那師妹不懂事，那也罷了。余可佛卻是個大大的惡人！」

齊二寡婦道：「惡人？我殺人如麻，也是個惡人。三教九流之中，不是誰對你好就是好人、對你壞就是好人。」南昭紅了眼眶，輕聲道：「他也是殺我爹爹、弟弟的幫凶。」

齊二寡婦道：「日後黃號成了事，你武功也練好了，還怕殺不了他嗎？」南昭對齊二敬若天神，心中動搖。

齊二寡婦放柔了聲音，道：「你大師兄太過草包，用起上來必不稱心。方才一頓功夫，其實都是給你立個榜樣，你只須搬字過紙，包保百試百靈。眼下我們風頭盛，白號勢弱，須得多做點甚麼，將好處都利用了。便多招點人馬，或從白號那處招人，又有何不可？我令桂姐兒和那阮捨懷做你左右膀臂，與你一道到那高唐莊上去。我則好整以暇，等你帶著一幫從人歸來。」

南昭道：「只怕阮捨懷惱了我，不肯盡心。」

齊二哈哈笑道：「就為你不願嫁他？不怕，那孩子明兒再見你，甚麼氣也都消了。」

晨霧鍾山，平疇初醒。燕子梭空，銜泥叼草，燕尾劃過的地方，初春意融融。牧童夜宿田裏，待月殘長空，起身撇走蓑衣上的露水。爬上牛背，吹響短笛，晃晃悠悠，下到彎彎江邊。短笛束腰，高聲唱道：「臘後閑行村舍邊，黃鵝清水真可憐。何窮散亂隨新草，永日淹留在野田。」【三】

一歌畢，早嵐敲散，晨曦梨痕淺笑。一男二女騎馬而來，其中一個女子揚起銀鈴般的聲音，向同伴道：「那高唐觀通道入口應已不遠了。」

另外一個頭戴靛青抹額的女子道：「我聽説高唐觀內不許喝酒，想來接下來幾個月都沾不到酒味兒。不如咱們先吃一杯酒，再上高唐。阮捨懷，怎麼説？」那青年男子道：「南姐姐怎麼説？」那靛青抹額的女子「嗤」的一聲，道：「也不聽你講：桂姐姐怎麼説？」

先前説話那女子正是南昭，桂姐兒和阮捨懷遵齊二寡婦之命跟隨上巫山高唐觀。南昭

【三】唐·李郢：〈鵝兒〉

道：「桂姐姐想吃酒，小妹哪敢不依。」見牧童，下馬牽韁，上前問道：「小兄弟，請教哪裏有好酒吃？」

那牧童上下打量他，見他骨清神秀，直臂指向一條孤村，道：「杏花深處，那裏人家有。」

走三里路，終到村口，果如牧童指點，粉杏影蹤處處。尋得一對桃木門，倚柱叩門，須臾，走出一個矮小的老人來。看他們一眼，道：「不知三位找誰？」

南昭道：「我們是過路的，特來討杯酒吃。」那老人道：「我這裏陳酒沒有，只有半個月的杏花酒。」南昭道：「只要有酒，旁的不拘，謝謝老伯！」那書生道：「請進寒舍來，千萬別嫌棄村屋簡陋。」

新雨潤澤，杏花不堪，紛紛委身石桌上。阮捨懷打掃了乾淨，好讓南昭、桂姐兒兩人坐下。那老人從內拿出一個罎子來，撕開封條，又端來幾碟花生、酸黃瓜、果脯等，桂姐兒一邊斟酒，一邊道：「老伯怎稱呼？」那老人道：「我姓龔，鄰舍管叫我龔老翁。」向他問起上高唐觀的路，龔老翁道：「原來三位也是慕高唐觀之名而來。上高塘觀的路日日不同，誰也說不準。」

桂姐兒奇道：「路就是路，哪許日日不同？」

龔老翁雙目倏如雷電，看了南昭一眼，道：「嘿，我拿杏花裝點，你嫌杏花阻礙。我說上高唐觀一條直路，你走上去，迂迴曲折，我有甚麼法子？」南昭心頭一震，只覺這老翁話裏有話，仔細端詳他：言談舉止，無一不慢，但一板一眼，動則神龍擺尾，靜則岳峙淵渟，知其異人。心想：「他為何給我指路？」

桂姐兒笑道：「我們不曉得老伯雅意，實在對不住！」捋起衣袖，朵朵殘花，一一撿起。片刻，桌上落杏錯落，與先前大致相同。只消得一眼，已記了個大概。

龔老翁道：「勞心人，心必自損。好！」轉而向阮捨懷道：「你有甚麼異能，要來瞧瞧！」阮捨懷瞪圓了眼睛，不明所以。

南昭道：「不若我先使套拳法，讓大家高興高興。」龔老人道：「歐陽步化的衣缽傳人，我還未老到看不出來的地步！幾個月前，來了兩個你的同門，比你差遠了，只能勉強過關。」對阮捨懷道：「小子，想好了沒有？」

阮捨懷方開口說了「我只會」三隻字，門外傳來一陣急促的敲門之聲，一道中氣十足的聲音道：「快開門！」

襲老翁兩拂袖背，一提腰帶，道：「生萌於春，蠢蠢欲動，神仙忙個沒完了。」起身敞門，一行二十餘人湧進，院內頓時擠擁無比。

南昭側目，那領頭人竟是白號首領王三槐，立即朝桂姐兒、阮懷拋個眼色，示意他們小心。

那日豐城之役，羅思舉背著南昭與王三槐過招，南昭將他的相貌記下，王三槐卻無暇留心思舉還背著個甚麼人，看南昭一眼，不曾認出他來。道：「老頭兒，高唐觀怎去？」

襲老翁道：「你想怎麼去都行。」王三槐連日趕路，心情大壞，聞言，暴跳如雷，「錚」的一聲，舉刃指著那白髮老人，道：「大爺再問你一次，高唐觀怎去？」

阮捨懷看不過眼，走上前去，伸手攔下那削鐵如泥的青鋼寶刀，道：「喂，有話好說，幹麼對著個老人家動粗？」

王三槐道：「你混賬東西討打！」一揮大刀，青影晃動間，一股寒氣直向阮捨懷鼻上削去。阮懷身手最是靈活，倒腰避過，翻身掃堂，攻他下盤。一下應變，卻將後背、左腳暴露敵前，算不上高明。

果不其然，王三槐說道：「哈！臭小子是個練家子，可惜了，功夫學不到家！」待阮捨懷腿至，兩腳一錯，手上順勢，直劈阮捨懷腳背。

南昭按刀柄欲縱身相助，龔老翁掇杏枝抵他項前，一出手，無影無風，動念即至，南昭竟全無還手之力，駭然而顧，龔老翁道：「放心，不會有事的。」

阮捨懷疾忙縮腳，運大腿之力，挺身跳到石桌上，展臂平衡，左足一釘，右腳一踹，桌邊一張石凳碌碌圓轉，頃刻撲到王三槐面門。

一根長杖淩空一橫，迎石凳一擱，重擊之下，石凳登時粉身碎骨。長杖收背後，長髮纏面，只聽那來人道：「天師，甚麼狀況？」南昭見竟是大仇人來時傑，喝道：「奸賊，納命來！」不由分說，揮刀便攻。

來時傑眼前一道旋風，下盤一退一紮，雙手持杖，「錚」的一聲擋下殺著。南昭這時近身看清來時傑面目，是沙場遺痍：疤裹皮、皮包骨，與鬼頭杖相形可怖，不禁憮然。豐城劫寨那夜，屋頂火起，來時傑走避不及，為火柱砸中，灼瞎了一隻左眼，面容潰毀，自此對這外甥女恨之入骨。

二人仇敵相見，分外眼紅，招招要置對方於死地，除龔老翁之外，眾人只見一團亂影，呼息愈是困頓，都要退到牆邊。「啊啊」兩下慘叫，兩名白蓮教徒一個中刀、一個中毒，在刀光杖影中緩緩倒下。

南昭出手時急怒攻心，三個回合下來，耗盡真氣，徒賸招架的份兒。來時傑見時機已熟，揮杖扳動機關，頓時毒霧熏熏。

龔老翁道：「呀，可別搞得我這杏花村烏煙瘴氣的。」曲指一彈，一朵嬌杏橫空截霧，花顏慘綠，掉到地上溶為一灘黃水。

龔老翁一發，無人知曉，卻化解了南昭燃眉之急，南昭提刀謹守「收」字訣竅，一柄柳葉刀把全身要害護個水泄不通。來時傑鬼頭杖中藏毒有限，一擊不成，只能俟機再發，心中暗恨：「死丫頭今日戴了護身符不成，恁地百毒不侵似的？」

龔老翁摘下一朵杏花，送進口裏咀嚼，鼓氣於胸，道：「雙刀法中的『潛』字訣，你愈是避而不用，就愈是膽怯力弱。打架不收即發、只顧著輸贏自我，永遠不能有勝。」這番話，旁人猶如充耳不聞，南昭聽了，心道：「師父以前跟我說過一門叫做『傳音入密』的上乘功夫，如今可教我碰上了！」翻找胸中所知，驚覺那「潛」字訣日久未用，竟有些淡忘，邊如孩提向先生背書般，從第一式「臥薪嘗膽」使起。

龔老翁又道：「傻姑娘，你除了刀訣，不是還有長生譜訣麼？」南昭一怔，脫口道：「二者怎能混用？」來時傑陰惻惻的道：「乖外甥，我看你是走火入魔了！」

龔老翁道：「你當長生譜是甚麼聖賢經典，平白無端的跟你講大道理？形之於念，體之於動，方是長生譜珍貴之處。」

正是一言驚醒夢中人，南昭一想通，一切便順理成章。「我本是、海棠花，易老易心傷」一句，乍看若訴深閨之怨，深思一層，實是警誡。人如海棠花，隨風勻轉，隨變易情，但「我」若不是海棠花，那又如何？先死後生，先賣後買。腦中靈光迸現，手上第二式「於期獻首」接續揮耍。此招之名出自樊於期自刎獻首、以為荊軻見秦王籌碼之舉。眼看南昭倒轉刀柄，作勢刎頸，眸子迸發異彩，視死如歸作派、寒梅傲雪態度。

來時傑大喜，心想我這外甥真是魔怔了，杖分頭、中、尾三段，舞動之間，依次掃向南昭太陽穴要害。卻不知這一招最厲害之處在於其後著，亦「潛」合長生譜「賣」字真義。賣一切無關，挽留真身，即能一矢中的。

只見南昭刀鋒到頸邊，凝而斂藏，來時傑杖至，眼中惟有一個窮凶極惡之徒。刀尖一抖，利刃沿項擦過，轉身踏步，蓄勁一送。一下來無蹤、去無影，來時傑仗著百戰之經，思考未妥，身手先動，「唰」的一聲，柳葉刀只及右下腹，劃出淺淺一道血痕。

南昭不料一著心身合一可達如斯威力，精神大振，抽刀起第三式，雙方含蓄代發之時，來時傑感到一股鋒芒在背，轉目一瞥，見襲老翁，凝然不動，笑而不語，袖手觀戰，再看南昭，忽而容光煥發，知他得高人相助，忖道：「好漢不吃眼前虧這番事成之後，我就不信那丫頭能逃得出我手掌心！」

來時傑眼珠一轉，南昭已明其意，喝道：「別跑！」氣息一岔，瞬失「賣」之心。使「發」字訣，一時刀光如枯葉亂墜。來時傑一個筋斗，翻到門邊，道：「天師，快撤！」右手一揚，施放迷霧散，沙塵「噼啪」滾起，白蓮教徒執兵刃乒乒乓乓一陣亂打，掩護王三槐、來時傑二人逃跑。南昭張目不見五指，提刀再趕，十幾枚鐵鏢驀地從四方八面激飛而來。一道灰影斜裏撲來，扭抱南昭著地一滾。

塵埃落定，院子又復春色無邊。門板吱呀晃動，白蓮教徒盡數逃之夭夭。

南昭掙開懷抱，卻見阮捨懷面色煞白，背上、臂上明晃晃的插著三枚鐵鏢。慟然道：「捨懷，是你救了我！」阮捨懷咧嘴一笑，昏死過去。

南昭忙把他挪到石桌邊，卻見桂姐兒伏身桌上，粉面半掩，不省人事。南昭大吃一驚，龔老翁如鬼魅般在他身後道：「不用怕，我只是點了他的昏睡穴，隔半個時辰就會醒來。」南昭轉身拜倒，道：「多謝前輩指點。還有弟子可為之處，即管吩咐。但弟子有一事未明，請前輩為弟子解惑。」

龔老翁道：「你說。」南昭道：「前輩適才微言大義，顯然深諳長生譜真義。可是，恩師將長生譜傳給弟子後，壽元耗散，說是因為長生譜一脈單傳，無可避免。前輩與弟子兩個，都是長生譜傳人，這又是怎樣一個緣故呢？」

龔老翁道：「歐陽步化知道，卻未能悟道，更未能證道。南昭，你過來。」

南昭站起身，來到襲老翁跟前。那老人取出一對玉簡，道：「這對玉簡，你好生收藏，切不可打開觀閱，也不可交與旁人。到你離開高唐觀，再來此村，交還與我。」

南昭雙手接過玉簡，觸手溫潤，暖若肌膚。襲老翁道：「常言道：『高處不勝寒。』那是孤家語。長生譜傳人，最忌置身是非之外。盼此物為你帶來一點煩惱，好早日練成譜上功夫。」

南昭若在幾月前聽到這番話，定會覺得襲老翁在胡說八道。而父親死後，一切又自不同。簷下的壁虎，慘白的牆壁，有若牢籠。父親在陌上相送，說之時，已打定了主意，要投身詭譎。於是道：「弟子定當妥善保管。」暗裏將一闋玉簡綁在腰間，另一片縛在小腿上，如此一來，自己有個甚麼損傷，毀了一片，另一片還得能保全。

襲老翁給阮捨懷包紮傷口，拍拍他肩頭，道：「你當得高唐觀中一個席位。你們三個一道去罷。」桂姐兒悠悠轉醒，只道迷霧散自有迷魂效，直呼大意。三人在襲老翁家中留宿，到阮捨懷行走無礙，才向襲老翁辭行。

襲老翁道：「我送你們。」

三人鞍馬，行路到村口，拜別老翁。老翁折下三朵杏花，與他們逐一簪戴，道：「高唐觀遠在天邊，近在眼前。隨心而行，即能達。」説罷一晃不見。

南昭領悟長生譜首訣，只覺神清氣爽，忽然感到腹中絞痛，喉間腥甜，不由得伏馬喘息，額上滲出黃豆般大小的汗水。阮捨懷見狀，近前問道：「你怎麼了？」

南昭心知是來時傑鬼頭杖上煉的五毒在體內擴散，催內力護體，運轉數度，搖搖頭道：「沒事。」

三人上馬，途上重逢那指路的小牧童。南昭勒緊馬頭，道：「謝謝你啦，小兄弟。」説罷彎腰將一朵大紅鮮花別在他髮際，向桂姐兒和阮捨懷道：「咱們走罷。」

那牧童抱笛在懷，目送三人拍馬揚塵。慢悠悠的騎上牛背，且唱且行。

「臘後閑行村舍邊，黃鵝清水真可憐。何窮散亂隨新草，永日淹留在野田。無事群鳴遮水際，爭來引頸逼人前。風吹楚澤蒹葭暮，看下寒溪逐去船。」【四】

【四】同注三。

第四回

枕席冷照溫存在　天衣無縫拴鼻隨

南昭、桂姐兒、阮捨懷三人遵從聾老翁所示，放任馬兒在山林裏走。桂姐兒和阮捨懷兩匹馬緊緊相偎。南昭那馬兒偏不合群，仰首長嘯，一逕兒往西。

阮捨懷大急，催那馬兒道：「回去！回去！」桂姐兒笑道：「你就由得妹妹罷，他那邊或許也走得到的。」阮捨懷不住回望南昭，南昭道：「咱們高唐觀裏碰頭罷。」阮捨懷無奈，眼睜睜送南昭孤身入深林。

桂姐兒芭蕉扇掩胸前，半是取笑，半是試探的道：「唉，昭妹妹好無情！」阮捨懷道：「你別這樣說他。他只是不肯為人駐足，心底卻是很柔軟的。」桂姐兒橫他一眼，嗔怪道：「你也不想想，他不肯為你駐足，皆因已經為他人駐足。」阮捨懷如春風一笑，道：「我知道。」

那邊廂，南昭一騎漫漫而行，所到之處，白霧洞開，四下裏只得疏影暗蹤，也不知走了多久，光彩驟填。放眼而觀，一座宏然之物盤伏巫山之端。

南昭放眼而觀，樓臺擁嵐暖，海棠飲霧醉。朱門粉牆，黑瓦青松，空無一點凡世。一切之下，俏生生立著一名侍女。那侍女輕抬蛾眉，見南昭鬢上杏花，上前盈盈道個萬福，說：「婢子名叫招彥，在高唐觀中管事的。姑娘得杏花村龔老翁引薦，自是高唐貴客。請隨婢子來。」

南昭隨他從左側一扇小門進了高唐觀，道：「我還有兩位朋友，他們到了沒有？」招彥笑道：「他們前腳方到，姑娘後腳便至，待會兒就能見面。」

招彥穿廊過間，南昭在後，一陣暈眩。眼見那高唐觀一列七開，連闥洞房，飛泉瀑布，花園錦綉，仙鶴梳羽，彩鸞浴日，端的是蓬萊海浦、神仙境界。南昭家道中落，節衣縮食，拜師學藝後更是從不知富貴滋味。雖然幼年有過一段優裕日子，與眼前華貴相比，自有雲泥之別。

途上見三人在小園裏賞蝶，正是一個帶路的侍女，以及桂姐兒、阮捨懷兩個。那侍女見招彥來了，辭客退去。

招彥把三人一直領到一個開間。一個衣帽周全的小廝來，帶阮捨懷到另一頭。南昭與桂姐兒坐在偏間裏等，圍著火盆烘去一身濕氣。

片刻，四名侍女捧著兩套新衣，服侍二人穿上。桂姐兒道：「唱戲麼，用不著！」招彥道：「主人有令，舊衣不可留。」二人只得任他們服侍妝戴。

招彥道：「觀中另外幾位客人如今在匯川閣子裏煮茶，奴婢帶兩位熟悉觀中環境，再去與其他客人認識。」一個侍兒撐起簾子走進來，道：「阮公子說他不來了。」桂姐兒道：「他受了傷，折騰了幾日不曾休養，讓他歇一歇罷。」

迂迴往東走，經過一個亂石崗，奇石裖疊，氣候森冷。南昭得長生譜功夫護持，手足溫軟，四季如是，桂姐兒卻頂不住牙關格格。招彥並二人站在高處，指著石崗的盡頭、綠林的開端，道：「從這兒看去，全是槐樹，即為『槐林』。」又原路折返，朝北走出一里路，入山谷，白霧蒸蒸，不遠處有一汪碧水，看去如一大塊顏色深淺斑駁的暖玉，幽靜嫺宜。招彥道：「那是『活池』，因池水萬年不涸而得名。」又道：「『活池槐林』並列高唐觀中勝景，客人可以隨意瀏覽。」

桂姐兒問道：「有甚麼地方是客人不可以隨意瀏覽的呢？」招彥道：「禁地界限皆有石碑提示，客人不必擔心誤闖。」

來到一座小峰，頂上就是匯川閣子。順一道扶梯半爬半蹬，走到頂層。簾子由五彩奇石串成，玎玎璫璫，瑩和柔亮，折射出百樣虹霞。香色紗幔，燕青軟枕。坐在裏邊隱約幾道影子，歡聲笑語，乍看如玉雕銀像，都隨著羅紋錦紈飄起來了。

南昭一眼就辨出萍蹤二郎余可佛，心頭湧起一股滔天恨意，但想起齊二寡婦的吩咐，強自壓下。余可佛與一個三十來歲、作秀才打扮的男子對坐，神色凝重。

南昭和桂姐兒走入閣子，見這二人右手各執一隻筷子，以桌上白粉圈為界，擬手作人、擬箸作劍，如有刀光劍影，搏鬥正酣。

他們雖然手上絲毫不緩，也都把眼來看。見南昭眉如遠山，眼如點漆，骨起形全，惟眉心一股哀愁，似乎是緊鎖的。頭纏水紋巾，上穿白夏布衫兒，靛色比甲，下搭青紗裙，腳踏白布功夫鞋。余可佛旋即面色大沉，那秀才卻是一聲暗讚。桂姐兒相貌無奇，但攝人心魂，自不在話下。

旁邊坐著兩個女子，一邊看，一邊談笑。南昭和桂姐兒一至，兩女立即止話，南昭一瞧，冷冷道：「三師妹也在啊。」張朧微現赧色，才要說話，身邊那女子一聲驚呼，把眾女目光引回場心。

那秀才旋劍背上，左右跟跳，消得輕輕一帶，在余可佛大腿上劃出一道淺淺紅痕。余可佛額角見汗，連人帶劍，徘徊粉筆圈邊。

南昭心道：「這此二人雖不是真的出真拳實腳，考較的確是真功夫。這秀才是誰，與白蓮教第一高手過起招來，居然遊刃有餘！」桂姐兒心神卻不在二人身上，眼珠一轉，瞟見張朧與身邊女子目光都在那秀才身上，抿唇垂眸，心中算盤噼噼啪啪的計算起來。

這時，余可佛半身已在圈外，頑力抵抗，總不肯認輸。那秀才見狀，突然握箸於掌，起身揖手道：「方才全神與余兄切磋，未曾留意高唐觀中來的新朋友。」

桂姐兒眼神飄飄的在他身上打了個轉，又收了回來。

余可佛也借勢裝模作樣的一看，起身長笑道：「原來是故人！」向眾人道：「這位南昭姑娘是歐陽步化歐陽老前輩的高足，也是老前輩『長生譜』的惟一傳人。說起上來，跟咱們張姑娘還是師姐妹的情誼呢。」卻絕口不提二人以往的過節。

那坐在張朧身邊的女子聞言，對南昭的神色間多了幾分熱切，道：「南姑娘青春多少？」見他眉毛細長，桃紅裙子。雲鬢用三支鈒金簪子盤起，耳佩綠寶石。

南昭道：「今年虛歲十九。」

那女子皓齒一露，道：「我叫秦絳，比南姑娘虛長四歲，就喚你一聲妹妹罷。高唐觀內長日漫漫，如果妹妹有閑功夫，咱們多走動走動。」南昭道：「自然。」欲再說一句客氣話，卻不知說甚麼才好，便不說話了。

張朧道：「欺師滅祖的人，有甚麼好走動的？」南昭聽他還有臉面提師父，真怒輒動，強按下腹，哼的一聲，道：「三師妹中氣十足，我作師姐的十分欣慰，待會兒讓我檢查檢查，看你有沒有半點長進！」

張朧脖子一縮，不敢再觸他霉頭。那秀才本欲調停，但南昭搬出「同門」二字，便不好干涉，道：「在下姓秦，單名『遁』字。不知南姑娘身邊這位，怎生稱呼？」桂姐兒覷著他「噗嗤」一笑，道：「我叫桂姐兒，沒有姓，也從來沒有人問我姓甚麼。」秦絳道：「真是趣致，為甚麼沒有姓、也沒人問呢？」桂姐兒道：「他們多先問價，再問名兒。」

秦絳目露鄙夷之色，待開口說話，梁棋遁搶在前頭，道：「桂姐兒倒是點醒了我，為甚麼人得有姓名呢？無姓無名的遯隱山林，豈不是更好？二位遠道而來，想必渴了餓了，快快上座罷！」

於是南桂二人就座，侍女放桌擺茶。南昭也不知是甚麼茶，胡亂吃一口，但覺唇齒留香，春日濕疲一掃而空。

余可佛朗聲道：「南姑娘覺得這茶如何？」南昭道：「我不懂，但茶必定是好的。」余可佛道：「二位來之前，我說『高唐觀中無凡品』，卻不知從哪兒來了頭牛，在此大嚼牡丹，又臭又煩！」南昭知他記著那一箭之仇，端茶杯自喝著不搭理他。

梁棋遁道：「慚愧！小弟是一頭不解風雅的蠻牛。」

桂姐兒嘻嘻笑道：「那我倒先秤一秤你頭蠻牛有多少斤兩了。」秦絳白他一眼，道：「梁公子別忙自謙，且說回你齊聚我們在此，是為了何事呢？」

梁棋遁道：「謝謝秦姑娘提醒，如今將原因道來。我兩日前傍晚在槐林散步，寂籟晚暮之中，忽有一束亮光散發而來。我初時以為是月光，但那光源不在頭頂，而在槐林大道的窮盡處。我好奇心一起，順亮光走去。我愈走，那光芒愈是熾盛，照得我雙眼如在滴血。過了一盞茶時分，光芒稍偃，一道背影站立其中，久久不轉身。

外人將朝齡主人傳得神乎其神，我本來不信，但親睹此異象，也不由得我不信了。撲地就拜，道：『晚生梁棋遁，冒昧打擾前輩，希望前輩不要怪罪。』朝齡主人開門見山，道：『我招你們七人客居高唐觀，有一件事要交托你們代理。』我哪會推舉，忙問是何事。

朝齡主人說：『二百年之前，我四處闖蕩時，聽巫山上的僧人說到巫山奇觀，言每百年，便有仙鶴一百，來聚這高唐山巔。停留三十日，黎明將辭。我問山僧這是甚麼緣故呢？山僧說，他們是來孵化一塊玉卵，所以那玉卵每百年出世一次。我問玉卵生出何物來？山僧搖頭說不知，又說係怪語神話，不必深究。我好奇心起，即日啟程上山，歷盡千辛萬苦，連馱行李的驢子也跌死了，來到巫山頂端，土地荒蕪，野草叢生，連飛禽走獸也避而不至，哪裏是甚麼世外仙境？不由得大失所望。

於是就地露宿一晚，準備天明就回去。夜裏忽聽崖邊傳來聲聲淒鳴，愈來愈嘶啞，接著是振翅撲騰的聲音，兩種聲音交織，不絕於耳。我一路探上去，走到山峰頂端，只見一隻仙鶴，委地引頸，見我靠近，不住掙扎。一大群仙鶴在另一邊山頭，遙遙照看。我近前查看，原來那仙鶴左邊翅膀折了。

我便替他接續斷骨，仔細照料，如此不眠不休的過了整整六日。到第七日上，我一覺醒來，舀水回來讓那仙鶴喝，卻見他站在峰上，等我歸來，突然扭頸縱身跳下山峰。我大吃一驚，追上去俯首看，一道白影自下而上，翀飛蒼天，偕一眾仙鶴東去。

我自神曠目眩，瞥見仙鶴原先所立之處，遺下一件物事，其亮光有如米華，乃是一對玉簡，名叫朝齡玉簡，上有長生不老之法。我據之潛心參詳，練就不老之身軀，所以自名朝齡。

我一向將朝齡玉簡收在一個鹽泉石窟中，幾個月前心血來潮，想取來觀閱，那對玉簡卻不翼而飛！眼看百年之期將至，我如丟失玉簡，無顏再見我的鶴友。我請你們眾位來，為的就是請你們一同尋找。誰能找到，我便將百年心得，一並傳授。』一說完，這位前輩高人身影一晃，便已不見。」

南昭一震，一刻失神，那貼腰、貼腿而藏的一對玉簡便如燒紅了的炭般炙燙，心道：「莫非朝齡主人在找我手上這副玉簡？」

余可佛眼光熠熠，顯是動了貪念，卻疑心不息：「這梁棋遁怎麼不自個兒獨吞，反巴巴的告訴我們？」

其實朝齡主人另有警告，令梁棋遁不得隱瞞，否則廢他武功、弛他心智。梁棋遁隱瞞不說，自有一番計較：「我如說了，他們便覺得我不是真心相告，而是迫於朝齡主人警告不得不說。」

秦絳呵呵笑道：「不知長生譜比這朝齡玉簡，哪個更稀奇？」眾人不約而同的看著南昭。南昭也不知道繞個圈子拒絕，道：「你找來那玉簡讓我瞧瞧，我才說得準。」桂姐兒忙道：「昭妹妹，我摘下月亮來給你，好不好？」攢得眾人一笑。笑畢，各懷鬼胎。

梁棋遁察覺南昭神情有異，道：「南姑娘，你怎麼了？」南昭還未回答，桂姐兒揚聲道：「妹妹，你昨晚做了惡夢，如今精神不濟罷？」

南昭暗嘆他聰明通透，道：「姐姐，茶悶得很，我確實睏了。」桂姐兒道：「我陪你回房罷。也求昭妹妹的三師妹陪陪咱們、一道說會子話。」張朧如小鹿乍驚，道：「你說我麼？」南昭道：「我卻從哪裏去尋第二個三師妹呢？」

梁棋遁勸道：「朧兒，你師姐身體不適，有人陪著好。」張朧聽他偏袒南昭，沮喪不已，卻仍是依了，站起身來，與眾人一一告別。南昭卻不懂與眾人招呼，抬步就走。

南昭與桂姐兒並肩在觀裏漫步，桂姐兒在南昭耳邊低聲道：「昭妹對這個師妹還念幾分舊情？」

南昭方開口，左思右想，過了半晌，道：「三師妹與余可佛聯手，反過來對付我。而師父為了護我，用盡最後一口氣嚇退奸人。原以為我該十分恨這不辨是非的師妹，但不知怎地，想起一起長大的舊時，就不想追究了。」

桂姐兒道：「好，我必不害他，只是小小試探利用一下。」

張朧跟了一陣，忍不住道：「師姐……」

桂姐兒打斷他，道：「張姑娘，陪我們泡個澡罷。」張朧本就怕南昭這個師姐，見桂姐兒與他交友，只能順從。

三人來到房裏，吩咐侍女打水備湯，浸在一個大木桶中，蒸得臉蛋兒紅通通的。張朧眼珠碌碌的轉，如坐針氈。

桂姐兒忽然咯咯一笑，道：「張姑娘身子綳得這樣緊，是不是水不夠熱？」說罷抄過木勺，舀湯倒在他肩上。張朧如受驚的小鹿，說不出一個字兒來。

桂姐兒嘆道：「我不知多羨慕昭妹妹有一個這樣可人的師妹！看年紀，張姑娘該許人家了，余可佛和梁棋遁，你喜歡哪一個？」

張朧不料他如此直白，支支吾吾的道：「我……我……」桂姐兒道：「你本來中意余可佛，在高唐觀結識了梁棋遁，改變了心意，是不是？」

張朧羞得無地自容，低呼道：「桂姐姐！」隔了一會兒，俏頷抵水，道：「梁公子待所有人都很好，我怕是未遇見過比他更完美無瑕的人。但他待人太好了，待我和待秦綘，甚至師姐和桂姐姐你，都是一碗水端平。唉，我這恨愁沒處訴。」

桂姐兒道：「若有機會，我定要幫你一把。」張朧眼內光芒閃動，輕聲道：「謝謝桂姐姐！」

桂姐兒道：「就憑你叫我一聲姐姐，我勸你一句：喜歡人家，得要讓他知道。」張朧道：「我該怎麼讓他知道？總不能明言罷！」南昭道：「你跟他多說話嘛！」張朧道：「可佛會惱的。」

桂姐兒道：「那便讓他惱好了，反正咱們人在高唐，是無論如何都不會打起來的，對嗎？」張朧目光遲疑的點了點頭。

三人再無別話，由侍女擦身穿衣，各自回房去了。

桂姐兒踢掉鞋子，躺到床上。南昭坐在榻邊剪燈，道：「桂姐打的是甚麼算盤？」桂姐兒道：「我挑他們互鬥，好不好玩？」南昭道：「可這與我們招他入號有甚麼干係呢？」桂姐兒沒有直接回答，道：「我問你，余可佛想要甚麼？」南昭道：「這還不簡單。他要我學的長生譜。」

桂姐兒道：「你沒看到他方才聽玉簡時的神色嗎？我看哪，他志不在『長生譜』三隻字，而在於『長生』二字。所以長生譜也好，朝齡玉簡也好，他只想得長生。如今我們知道他另一根軟肋，在於張朧。」

南昭道：「那又如何？」

桂姐兒道：「余可佛見心上人與梁棋遁好，必會分心，就不能全力找朝齡玉簡。如果我們捷足先登，拿玉簡做魚餌，就不難引他拜在二師父壇下。」

南昭身懷玉簡，答應過龔老翁好好保存，聽桂姐兒這般說，一籌莫展，敷衍著應下。

桂姐兒打了個哈欠，道：「我要睡了。你去看看阮捨懷那小子罷，他著實想念你。」面朝裏間，不消片刻，鼾聲微起。

南昭掌燈來到隔壁阮捨懷房中，問道：「你的傷好些了嗎？」阮捨懷烏黑的雙目迸放亮光，道：「都已大好了，半點不痛。」南昭道：「你別哄我，我知道傷口多深，哪會不痛？」阮捨懷目光真摯的看著他，片刻才鼓起勇氣道：「看見你，我就不痛了。」

南昭心頭悲喜莫辨，一手掌燈，一手搭上他的肩頭，終於心扉微敞，道：「真的？那你多看我。」阮捨懷又是高興，又是忐忑，雖然困倦，總不肯閉眼。南昭抵不住他癡纏，坐在他床沿，望著妝匳，銅鏡內湧現另外一張面孔，看不清、讀不到——惟有一縷愛念串起早已朦朧的五官。

窗外遙透涼風，鼾聲響起，阮捨懷抵不住睡意，徐徐睡去。

門上忽地「格」的一聲，南昭道：「甚麼人？」外面那人道：「我是梁棋遁。」南昭開門，見梁棋遁一身青袍，站在門前階下。

昏燈映照，見他鼻梁分入兩眉，文質儒雅。眉毛指劍，又入兩鬢。雙目疏懶，恆如欲睡，螢光流轉。因問：「梁公子，這麼晚了，有甚麼事嗎？」梁棋遁道：「姑娘可好些了？」南昭一怔，這才省起午間藉口不適退席，好把張朧敲打一番，道：「好多了。多謝公子關心。」

梁棋遁把身一讓，道：「姑娘看得見東方那高峰嗎？」月下看去，果有一峰，猶如一塊羊脂上玉，明亮柔和，鶴立群山。梁棋遁道：「那個是神女峰。相傳，巫山神女會楚王於其上，一夜恩愛，夜了歸去，圍繞山峰的彩霞雲霧是神女的化身，經年不散。」

南昭想起齊二寡婦的話：「下凡一趟遊戲，換來你這小丫頭在路過巫山的時候，一頓回憶，如此就是永永遠遠的活著！」道：「依你所見，巫山神女如今還住在這兒嗎？」

梁棋遁道：「一定在的，他捨不得走。」

南昭一震，梁棋遁道：「世多知巫山神女自薦枕席，求與楚王歡好，『共赴巫山』一語永垂艷史。這故事實在有個接續，南姑娘想聽嗎？」南昭道：「願聞其詳。」

梁棋遁道：「神女與楚王之會後，到楚襄王一代，與宋玉遊於夢雲之浦。宋玉晚上就寢時，果然在夢中與那神女相遇。宋玉弛目而觀，那神女美貌橫生，婆娑乎人間，只覺似曾相識——南姑娘可知『似曾相識』？一張面孔，依稀故舊，肯定是見過的，但實在是初見。」

南昭點頭道：「就是敲破了腦袋，也省不起甚麼時候見過。」

梁棋遁道：「宋玉就是咱們所有人啊！說回那神女，意似近而既遠，態近哀而親怒，迷迷惘惘，欲迎還拒。宋玉恨不得奔上前去，奈何身在夢裏，身不由己，呆愣愣、眼睜睜。仙樂忽奏，眾侍魚貫入夢。人頭湧湧，宋玉眼前大黑，驚惶起來，在肩踵之間拼命尋覓神女的蹤影，但腳下虛浮，任他如何賽步競遊，鸞駕飛驅，漸漸去得遠了。」

梁棋遁說完，長吁短嘆，白霧自他口鼻團出。

南昭原不知楚王之後，還有宋玉，道：「神女使楚王朝朝暮暮想念自己，卻放過了宋玉，果然相由心生，陰晴不定得很。」梁棋遁道：「那只是一個故事，當不得真。南姑娘，想不想上去看看傳聞中的朝霧晚霞？」南昭意動，道：「我們立即動身，天一亮就回去，免得其他人擔心。」梁棋遁知他不想惹人閑話，也不點破，欣然道好。

梁棋遁居高唐觀有半年之計，熟悉路途，充當嚮導，每逢幽泉怪石，其故事遺痕，順手拈來。

南昭道：「公子見多識博，再看一身打扮，是有功名在身的，卻為何隱居高唐觀裏呢？」梁棋遁道：「我家三代簪纓，我上頭有兩個哥哥，都在朝中為官。輪到我備會試時，開始醉心武學，後來鑽研黃老之術，慣過閑雲野鶴的日子，再難入官場。反正家中官多，也不缺我一個，雲遊四方時，巧上高唐，樂得清靜無為。」說到這裏，住口不再提起身世過往，只是問南昭父母、兄弟、師承，不厭其煩的盡問他幼時瑣事。

南昭雖然深思熟慮，於人情世故卻是一竅不通，對話之中，出的話多、入的料少，到頭來對梁棋遁實一無所知。

神女峰峰腰地勢險峻，二人須手腳並用，攀援而上。遇石斷處，則施展輕功，仗氣一躍而過。此刻峰頂近在眼前，上頭有一石橫臥，作床榻狀，眾星聯袂凝視，等候那巫山神女再度引少君共眠。天色稍霽，石床小丘之下，赫然豎著一塊石碑，上面寫著「高唐禁地，行人止步」八隻大紅字。

南昭不由得大為惋惜，梁棋遁道：「反正無人在此，咱們就是上去看一會兒，也無人知曉。」南昭道：「朝齡主人既盡地主之誼，我們怎好做客人不該做的事？」梁棋遁道：「你在世上為客，也不見你這般守規矩。」南昭有些防備，道：「你又知我不守規矩？」梁棋遁道：「你若守規矩，就不與白蓮教扯上干係了。」

南昭聽他道破自己來頭，右手悄悄按上刀柄。

梁棋遁一哂，道：「南姑娘，我的功力還在萍蹤二郎之上，在這荒山野嶺中動手，於你沒有絲毫好處。」南昭卻不鬆開刀柄，道：「你欲待如何？」

梁棋遁道：「桂姐兒為白蓮教事雖然隱秘，但天下沒有不透風的牆。你想加入他們，不過要尋求一點顛倒規矩的滋味。我說得不錯罷？」

南昭聽他其實不知自己就是黃號白蓮教的「慘霧娘子」，只道自己為加入白蓮教而接近桂姐兒，放下心頭大石，從容的道：「請公子打開天窗說亮話罷！」梁棋遁道：「咱們聯手，不但找那對玉簡，還要阻旁人找它。玉簡中的秘密，咱們可以一起參悟。」

南昭道：「我有長生譜在手，不稀罕朝齡主人的玉簡。」梁棋遁道：「你師父歐陽老前輩之死，足證長生譜無用矣。」

南昭欲笑，轉到唇邊，卻成了冷玉相擊之聲。道：「原來梁公子也想長壽，恕南昭不願與虎謀皮。」梁棋遁左足一提，輕置南昭左腳之側，欺身低語：「昭小妹別忙拒絕。你不也如神女一般，捨不得塵寰裏溫懷軟抱、窮歡極樂。」

南昭搖頭，眼前面孔雖然尚算俊美，但遠遠比不上那無情無義、無心無肝的！如今不知他在何方，與眼前的試上一試，卻不妨礙。足踝一轉，跐梁棋遁鞋面。梁棋遁順勢摟他腰間，道：「在我遇過的人之中，你是最特立的一個。」

南昭一拳拂出，道：「我那小師妹、秦絳都特立得很，你怎不招惹他們？」梁棋遁神兩指一夾，道：「南姑娘言下之意，是要我去招惹他們？」

南昭拳頭一縮，化握為展，直掌削他項間。道：「我看出來了，你對眾人都是說一般的話，今夜無論誰跟你來，也無分別，因為你無非是想上那神女石床。」梁棋遁仰天一笑，不閃不避，等他掌刀削到，道：「你不想嗎？」

南昭脱開他的手，往後一躍，頓感腰際一涼，道：「你先回去罷，我獨個兒想一想。」梁棋遁只道他稚氣未脱，容易説話，不料判斷一出，決然至此，雙目閃過一絲陰戾，忽地變得冷若冰霜，不再説話，自下山回觀。

南昭回看峰床之端，石碑之止，只覺高唐槐林所積之塵俗，比巴山老林中官匪相爭，還要濃重！

當下跳縱下山，地勢漸見平緩，是槐林邊緣一帶。林間一陣枝撐窸窣，南昭雙足一蹬，攀折樹枝一盪，藏身枝葉之間。

一個人信步走入眼簾，卻不在高唐客人之列，南昭看他甚是眼熟，費煞苦思，靈機一觸，心道：「啊！他是與桂姐兒胡混的那姚大爺。姚大爺似乎是白號白蓮教中人，來高唐邊地卻是要見余可佛麼？」

姚大爺探頭探腦的等候原處，南昭瞥見一條影子自南方冒現，瞬息之間，奔出一里，與姚大爺匯合。不出南昭所料，果係余可佛。二人鬼鬼祟祟，準無好事。

姚大爺道：「天師和法師得大人繪製的高唐地圖之後，已在觀外準備就緒，玉簡出現之日，大人施放藍煙炮，內應外合。法師會來助大人對付朝齡主人，我們的人馬分作三路，兩日內攻取高唐。」余可佛不悅的道：「姚之富，此項安排我早就知道，我教你不是天大的事，不要輕易約我見面，你好糊塗！」

姚之富急忙解釋道：「法師囑我還遞一個信，是有關他外甥女南昭的。」余可佛道：「來時傑竟要留他一條活路麼？」姚之富道：「是，也不是。法師說南昭數次壞我們大事，決不可留。但請大人手下留人，好令法師自個兒清理門戶。」余可佛道：「我只消報了那一箭之仇，不會殺死他。另外，你們眾人不許碰張朧姑娘一根汗毛。」姚之富連聲應下。

二人謀取南昭性命，南昭練得長生譜「賣」之境，甚麼生死榮辱，在他眼中，一文不值。冷眼旁觀，暗自好笑。

姚之富不敢久留，消息帶到，即辭林下山。余可佛亦回觀休息。南昭回到房中，將白號的計劃告訴桂姐兒。

桂姐兒目露凶光，道：「好啊，黃號打的是高唐的主意，怪不得近來偃旗息鼓，也不找白號的麻煩。說不得，只能先下手為強。把那余可佛殺掉，令他們不能成事。」

南昭嚇了一跳，道：「聰姐吩咐過，不論他心甘還是不願，須把人帶回去，總不能謀害他性命的。」桂姐兒道：「哈！我倒忘了，你是齊二寡婦附庸的小狗。」

南昭也惱了，道：「大家同屬一個狗窩，不用分彼此！」

桂姐兒雙眼忽瀲，柔情似水，一汪注視。南昭與他目光相接，只覺淒涼無限，歉意頓生。方開口賠罪，桂姐兒卻道：「你說得不錯，我們本無分別。王聰兒時常以蛇自比，所以他的部下都是小貓小狗、小兔小鼠。」南昭道：「聰姐才不是要把人變成小貓小狗、小兔小鼠。他教我做蛇！」

桂姐兒呵呵的笑兩聲，道：「啊，對，你與眾不同。但做了蛇，終究是條小蛇，王聰兒是那條可以一口把你吞下腹中的大蛇。傻子，你還不明白麼？」言畢，阮捨懷入室，南昭仍是問他傷勢，他仍是回答傷已無礙。

阮捨懷左看右看，忍不住道：「你們說甚麼呢？」桂姐兒便住了口，伸出一對厚厚玉足，懸在爐壺上烘。

南昭瞥桂姐兒一眼，才回答道：「也沒甚麼，咱姐倆在說殺人。」

這夜，南昭輾轉反側，方要睡著，又猛然一醒。終於入眠，誤闖噩夢家鄉——

我步步虛浮，登上神女峰，躺臥石床上，以苔為枕。枕邊，思舉忽現，淺笑著伸手撫我臉頰。朝下一望，他五指舒展，掌心攤邀。我把手覆於其上，當下十指緊扣。眼皮沉重，想著就此長眠不起，身子驀然一輕。仰首而觀，見聰姐左瞳如日，右瞳如月，頂天立地，手中把玩牽綫木偶，我笑那木偶太堪憐。身上陡覺緊促，原來是幾道繩子縛著我的手腕腳踝。

方才醒悟我便是那木偶，聰姐已把我從峰上提起，歷遍滄海桑田，放回高唐觀中，還說道：「余可佛有何求，你須滿足！」

我轉身，余可佛與我只有咫尺之隔，鼻息相連。我顫聲道：「你到底想要甚麼？」余可佛突然容貌大變，成了梁棋遁。梁棋遁道：「昭小妹，你今天過得可好？」

南昭驚醒，只覺汗流浹背，再也睡不着，便披衣踱到屋外，等到餘人均吹燈入夢，緩緩起步，走到活池之畔。清風吹拂，細雨紛飛。心念微動，解下頭髮，褪去衣衫，渾身浸在溫泉裏，只覺說不出的舒泰。南昭伸出手臂，掐著花枝，唸道：「花明月暗飛輕霧，今宵好向郎邊去。」【五】可是郎身在何方？只好往愛念深處去尋。左思右想，胸中悶氣難出，便凝神靜心，默念長生譜口訣。第二句「轉流年、張萬面，忽顰忽作笑」無解，不去理他，轉入第三句「風困雨、鎖韶光，不由我凋零」及其注「百身來贖不滅魂」，心想：「所謂『風月無古今，情懷自淺深。』自然不變，變的是人心。但遇風雨，恆守如一，這樣身體各樣變化增減，都是在淬煉神思。」

一念甫畢，一股清而不寒、獨而不寡之氣延延遊遍百脈。

心中狂喜，一股氣自丹田升到胸臆，呼息一紊，暗道：「我須沉住氣。」默想「賣」訣，再想「贖」，方知百事無一事不可賣，物量轉換而已。恢復本來，只覺身周萬靈俱響，小至螞蟻、靜如樹葉，都感受得一清二楚。意念灌目，手臂生風，渾身內力呼之欲出。便

【五】五代・李煜：〈菩薩蠻・花明月暗飛輕霧〉

小試牛刀，駢指揮花，那花兒飄飄離枝，奔撲耳邊。

倏然，雙目一張，側耳傾聽。一攫外袍，破水而出，擁衣順勢穿上。迎月而立，碧水氤氳，卻不見半點生機。心道：「我長生譜功夫終究火候未足，令我如同驚弓之鳥，有甚麼風吹草動，都以為是人。」

這時，一塊大烏雲覆蓋月光，伸手不見五指。星粉碎雨，襲人髮膚。南昭聽辨方位，抄過一塊小石子，想也不想便彈了出去，果然有人「噗」的一下接住，身影一晃又隱。

南昭又驚又喜，驚的是來人身法奇快，且來意未明；喜的是自己不假思索，一發中的，乃前所未有之事。當下悄無聲息的繫緊了衣帶，輕輕踏出一步。

來人似乎也跟著他輕輕踏出一步，落在南昭耳中，猶如珠在盆中相擊，立刻發足，轉到那人身後，又擲出一塊石子。那人原原本本的將石子踢回來，石子所挾之力與南昭所使，不多不少，正好一樣。

南昭兜著石子，投向一塊大石。只聽「咚」的一聲，來人急躍，撲往大石，南昭旋身一個起伏，又到了來人身後，伸手拂他肩上「巨骨」穴。那來人感到一隻小手搭上肩來，卻不閃不避，扣指成圈，順勢由南昭手腕扣到上臂。觸感滑膩，才知是個女子，忙鬆手跳了開去。

烏雲消散，月華重現。寒夜裏剎那漫天落葉，連著牛豪細雨。南昭振臂使出生譜「瀆」訣，葉子迴旋他身邊，惆悵委地。隔重紗，來人就在眼前。南昭一陣怔忡，身如飛絮，氣若遊絲，心想相思症候，竟教我目生幻想麼！

只見思舉背影，星黯淡、月無華。如此情景，南昭心中演練過千遍，或投懷，或摟頸，一訴胸中愛意萬緞。到頭來，只是緊揑腰帶、綻放一個天真無邪的笑容、一句「羅思舉，我莫不是眼花？」罷了。

羅思舉點點頭，看他笑靨如花，一刻失神，道：「你是我在豐城帶出的那位妹妹罷？」

南昭腹內一酸，待傾瀉滿腔委屈、一切情愫，想到他也是官兵一員，還是齊二寡婦舊好，總算懸崖勒馬，道：「我是。羅大哥為何身在此間？」思舉道：「我是高唐不速之客，自然引你疑慮。」頓一頓，道：「妹妹穿好衣服了麼？」南昭道：「穿好了。」

思舉轉過身來，道：「我回到襄陽，擊退齊二寡婦後，才知道賽沖阿如何待你。四下尋找，卻都不見你的蹤影。」才要說些歉疚的話，想起南昭所受的委屈，話語只有更形單薄，道：「我起初說的，接你與我妹妹一道，還算數。」

南昭試探著道：「我還怕你說話不算數，那我豈不是要順賽沖阿的意，投靠白蓮教！」

羅思舉道：「妹妹武功高強，人品剛正，與那等匪徒為伍，徒然浪費。」南昭便知不能向他坦白。思舉續道：「我其實昨日一早，已潛伏此間，將佈局摸了個大概。見你在此，著實歡喜，這才趁夜深無人，請你相助。」

南昭道：「大哥何用請字，我甘願為大哥赴湯蹈火。」

思舉一凜，感南昭「赴湯蹈火」之語，未有一字為虛。人非草木，孰能無情？有情者，又哪會不知情？輕咳一聲，道：「妹妹恩義，我今生無以為報。」南昭心頭彷徨，心裏一道聲音大喊：「白蓮教徒習教，都為今生不得，往下生去尋——我不要與他們一般！」眉心一蹙，淚珠滾墜。

羅思舉心知肚明，只做不見，道：「如今王三槐、來時傑等在高唐觀外虎視眈眈，觀內有余可佛給他們遞送消息，白號白蓮教進攻高唐觀指日可待。螳螂捕蟬，還有我這隻黃雀在後，只要我們早著先機，就可以在觀中把他們一網打盡。」

南昭擦乾眼淚，道：「大哥的意思是，先殺掉余可佛，再等白號白蓮教上來？」羅思舉道：「正是。」南昭心想：「如此倒和我們的計劃不謀而合了。」道：「就當殺了余可佛，我們還要解決觀外等著接應他的人。我上觀之前，與來時傑交過手，折了他們兩個人。他們如今估摸有五十人，都是好手。不知大哥手下有多少人？」

羅思舉道：「我身邊無可以聽遣之人，人多反而不便，所以今次是自己一個人前來。妹妹認為高唐眾客之中，有沒有幫得上手的朋友？」南昭一想，桂姐兒與阮捨懷都是齊二寡婦手下，羅思舉是官兵中負責殲滅白蓮教的，兩邊敵多於友，相知更添麻煩，搖搖頭道：「其他人與我並無深交。」思舉道：「如此，計劃的成敗，就看你我二人了。」

南昭聽出他信任之情，笑意自嘴角溢到腮邊，自腮邊散到耳垂，道：「一切聽任憑大哥吩咐。」

當下二人沿高唐之疆一路走，找到一片茂密的竹林，又再竹林中找到一個小山洞，潛藏隱匿，再合適不過。二人計議，思舉在暗，在此地養精蓄銳，南昭在明，施計把余可佛引來，由思舉殺之。南昭想起思舉與余可佛河畔一戰，不禁憂心忡忡的道：「你有把握勝得了他嗎？」

思舉笑道：「刀劍下之事，我說了不算。」南昭只覺他是一個有大能的人，可以全心信賴，遂放下心來。

第五回

澤上無水空作弄　拈花微笑解古今

南昭回到房中，臉色嫣紅如大醉，倚著床帳細細回味一對一答，不知不覺，竟徹夜未眠。桂姐兒一覺醒來，看出他魂不守舍，道：「妹妹，怎麼了？」

南昭怕教他看出了端倪，收斂神色，道：「我這便去尋余可佛晦氣。」桂姐兒嚇了一跳，確認窗門緊掩後，道：「余可佛武功何等高強，你一個不小心，要賠上性命的！」

南昭道：「桂姐，我不在意。」桂姐兒細細看著他臉龐，道：「你方才去見了誰？」

南昭道：「甚麼？」桂姐兒又問一次的時候，思索說辭，答道：「我沒有見誰，只是武功有了進境，便少了一層牽掛，不想再拖下去了。」桂姐兒嘆了一口氣，拿出一張符紙來，道：「大師父飛鴿來信，說我們若招不到余可佛，便把他引到咱們軍隊處，讓二師父親自引渡他。」

南昭細細看那紙，上頭豎著一串符文，似字非字，知教中自有秘密符號，如同一套新的文字，用以互通消息。道：「這一遭，我定要拂了聰姐的意。不要回信，先斬後奏，過了明天再說。」

這時，侍兒招彥闖進房裏，神色彷徨，道：「兩位客人，出事了！」二人吃了一驚，只道白號軍殺到，忙問原由。招彥道：「梁公子和余公子為張姑娘動起手來了。」南昭問道：「他們在哪裏？」

招彥道：「他們在散夢小築，裏面已損壞無數，張姑娘和秦姑娘都勸不住。婢子實在無計可施，這才來請二位出面調停。」

桂姐兒低聲對南昭道：「咱們張朧那邊的佈置成功了，我們去，好坐收漁翁之利。妹妹，你能不動手，便不動手，千萬別衝動。」

於是二人把阮捨懷扯來，由招彥領路，月洞門下過，匆匆來到散夢小築。湖石邊、遊廊間，畫堂南畔清溪岸，逐水叮咚，到處都有殘磚碎石。水榭內錚錚之聲，不絕於耳。

那秦絳一陣風似的迎上前來，拉著南昭的手，焦急的道：「小妹，你來得真是時候！」南昭見他左右兩襟各破了一道口子，道：「你沒事罷？」秦絳苦笑道：「事兒是沒有，只是剛才勸架，差點小命不保，幸好我躲得快。」

三人走了兩步，只見水榭中人影翻飛，一個使槍，一個舞劍，難分難解，轉眼已鬥到荷塘石橋上。張朧追到橋頭，但二人身周挾風帶勁，不能近前，連聲叫他們停手。桂姐兒幼眉一挑，道：「他們無冤無仇，幹麼動武？」秦絳道：「無仇無怨便不能動武嗎？」

南昭聽他說話不分個輕重，冷冷的道：「他們為何動武？」秦絳這回乖乖的應道：「還不是為了張姑娘。」語氣大有酸醋味道。招彥哀聲道：「南姑娘，請你讓他們停手罷！」阮拾懷道：「南姐姐，我去！」

南昭搖搖頭，桂姐兒一捉南昭手腕，道：「都別出手，讓他們鬥個兩敗俱傷。」這時見張朧看來，目光如哭似訴，就如同客店尋親當日、幼弟呆愣的神情。心中一痛。想道：「從小弟弟一不如意，就在我懷中鬧。我若不手刃此奸賊，弟弟也要鬧的。」

桂姐兒語氣急促的道：「你怎麼非要自己動手呢？借刀殺人，省心省力，你便依了我的話罷！」

這時余可佛見張朧眼中露出關切的神色，卻不是瞧著自己，妒火中燒，刷刷刷將三招並為一招使，左手連發五根鋼釘。梁棋遁從未見過這等古怪的變招，擋得了三尖兩刃槍，卻擋不了鋼釘，噗的一下，臂上中釘，慘呼一聲，張朧面色煞白，抽出佩刀，便要不顧一切上前相助。

南昭平心靜氣，心意已決。道：「我原來也該如此作。」新練成的『賣』、『贖』二訣正好派上用場，雙足一蹬，如蜻蜓點水般，輕踐池塘。梁棋遁與余可佛餘光瞥見，只道南昭的武功依舊不如他們，也不把他一個女兒家放在眼內，視若無睹，手來腳往，不勝不休。

南昭單足落在石欄上，宛若寒鵲棲枝。這時梁棋遁一劍揮開余可佛斜裏挑出的三尖兩刃槍，內勁釋出，推起陣陣波濤，南昭搖搖欲墜，似乎就要掉到池裏。

張朧一聲驚呼，餘音猶未歇，南昭默念「贖」字訣，抬手一撥。梁棋遁只覺渾身氣力驟空，都教南昭在這一撥之中借走了。余可佛不知個中玄機，見梁棋遁突然萎靡不振，乘勝追擊，三下搶攻，彷彿都刺進棉花裏頭，槍槍軟不著力，正感奇怪，見南昭徒手伸出，捉自己槍頭，暗罵一聲，毫無顧忌的大力一送，要在南昭手上刺出個透明窟窿。

不料南昭出招之時，本不懷自我，眼納萬物，手及八面，未見他如何變招，余可佛手上一緊，槍頭已教他拿住，往橋頭一擺，余可佛也不由自主的往橋頭一衝，跌出兩步，忙使出「千斤墜」功夫，穩住身形。

南昭立在二人之間，左右一顧，道：「朝齡主人白白讓我們住在這裏，我們可別弄壞了主人家的東西。」

梁棋遁與余可佛為他顯露的一手高明功夫驚疑不定，桂姐兒、張朧、秦絳親睹變故，亦目瞪口呆。只有阮捨懷滿腔信心，似乎南昭飛起來了，他也覺得理應如此。梁棋遁道：「這裏不是說話的地方，我們到水榭那邊去罷。」

三人下橋，張朧驚魂甫定，挨著南昭，裙並裙的入榭。進了水榭，又前去替梁棋遁包紮。招彥見兩邊偃旗息鼓，立刻安排下人來打掃碎礫、擺几鋪席。

秦絳喝了一口茶壓驚，因笑道：「我之前聽說南小妹得長生譜真傳，可惜無人見識過他武功深淺。如今可真是大開眼界了。」

余可佛陰陽怪氣的道：「他不止武功高強，箭術也高明得緊。」秦絳把余可佛說的「劍」字聽成「箭」字，心道：「南昭內力雖高，始終年紀小，劍術應該不及我。」道：「原來妹妹也使劍，不知可肯與我切磋切磋？」言下之意，即是只與他論劍，不比內力。既穩操勝券，又可在梁棋遁面前出彩。

桂姐兒聽秦絳借南昭過橋，方要出口拆解，南昭盤膝一坐，解下柳葉刀放在几上，淡淡的道：「我不使劍，我用拳頭跟你切磋好了。」饒是秦絳笑口常開，聞言不禁面色一沉，道：「南姑娘未免太看不起人了。」

梁棋遁與南昭眼神交接，想起昨夜神女峰之遊，雷鳴電閃，神魂顛倒，又別了開去。因道：「看來余兄以前與南姑娘交過手呢！」余可佛情知說漏了嘴，道：「都已經過去了。」

南昭今日卻是專門來挑事的，道：「我看事情還沒有過去！」

余可佛雙眼一眯，道：「啊？南姑娘有何指教？」南昭道：「余公子可別忘了，你欠我父親、弟弟兩條人命。我雖不好在高唐取你性命，但先收點利息，總歸不傷大雅。」余可佛怒極反笑，道：「你要甚麼利息？」

南昭道：「我要你一根小指頭。」

除桂姐兒以外，眾人這才知道南昭和余可佛之間，原來隔著一道血海深仇，都不敢作聲。水榭內落針可聞。

余可佛心道：「趁此良機，打他個半殘，也不算違背來時傑的意思。如此一來，王三槐攻高唐時更是少了一個阻礙。」道：「你有能耐，便來取罷。」

南昭雖然聲言只要割下余可佛一個小指頭，實在是要以性命相搏，二人彼此心裏清楚，身子凝坐不動，眼神劍拔弩張。

南昭猛地捉鞘抽刀，余可佛隨之挺腰待發。南昭刀出半鋒，卻又峙然不動。二人面對面、眼對眼，心中已推演了不下百招。

突然，梁棋遁「乒楞」一聲，捏碎一個茶杯。

對陣兩人本來箭在弦上，乍聞響動，同時出手，南昭恃「瀆」字訣，一招「雲程發軔」，門戶洞開，一刀劃向余可佛腳面。這一招來得好快，余可佛無暇取他破綻，縮腳跌步，一槍刺出，似上又下，去勢甚是古怪。南昭也不硬接，潛心匿意，要比余可佛更加捉摸不定，突然縱身跳上秦絳的小几上，對碗碟一陣橫踹亂跳。

余可佛站在場心，槍頭如影隨形，見南昭跨到梁棋遁几上，又是一陣頓足。正摸不著頭腦，南昭歇步回身，五指一張，刀飛似箭。余可佛眼前銀光一閃，暗叫不妙，抱槍著地滾開，在柱邊挺起。

那刀自梁棋遁右眼邊，逕直飛出水榭，擊中了一座湖石，登時碎石激彈。桂姐兒芭蕉扇一頓，小指鈎住吊絮，扇面一墜，擋在梁棋遁面前。梁棋遁微笑道：「謝謝桂姑娘！」桂姐兒秋波一轉，握扇柄掩了面，道：「舉手之勞，何足掛齒。」

梁棋遁道：「剛剛匆匆一眼，才發現桂姑娘左邊嘴角下有一顆小痣。」桂姐兒道：「公子還發現了甚麼別的不曾？」梁棋遁道：「現在人多事紛，我今晚再看清楚。」桂姐兒吃吃而笑，盡顯風塵女子本色，搖風擰頭，復看戰況。

余可佛雖滾地躲過飛刀，仍然狼狽不堪。心想一個月前，我輕輕一招，便使得南昭毫無還手之力，如今他竟與我勢均力敵，定是長生譜之效。當下又妒又驚，搶奪長生譜之心大盛，祭出平生絕技「槍外槍法」。槍外搶法講究心神歸一，一手化為百手，一步化為百步。此槍法的最高境界，即能合心手步，在一招中使出百槍。余可佛雖然初窺門徑，未得此境，但他聰明已極，投機取巧，以「海市蜃樓功」幻術將使不出的五十餘槍補齊，所以一招中的百槍，倒有一半是虛。

南昭單刀脱手，眼前槍影萬道，不知哪個是真、那個是假。左腳甫一踏出，余可佛心下大喜，真槍捌南昭大腿，滿想他這條腿必廢無疑，玎的一聲，兩刃槍險些脫手。駭然跳開，訝疑不定，暗道：「我這一槍霸道無比，足以崩山裂石，難道他腿上穿著甚麼甲冑？」思量間，一道瑩亮柔和的光芒似飛霰畢露，眾人一齊望去，只見南昭褲管上被劃開了一個大洞，裏頭綁著一件物事，華彩流轉，煞是動人。

梁棋遁神色大異，立身顫聲道：「朝……朝齡玉簡！」

水榭裏登時鴉雀無聲，眾人心中的貪念都在劇烈的攪動著。

余可佛猛喝一聲，樸向南昭。南昭雙足一攏，一撥外袍，取出貼身收藏的柳葉刀，相向撲去。二人極盡所學，無一刻不是在生死之間徘徊。這下余可佛更無疑慮：「他在數月前被我一個指頭壓得透不過氣來，進步神速，一定是練了玉簡上奇功之故！」

南昭亦看出余可佛招式中不實之處，看準槍頭，横刀迎頭痛擊。兩兵相交，二人都是虎口劇震，南昭嘴角滲出血絲，內元已受到損害，但也硬生生的破了余可佛槍外槍法威力最強勁之處。

一刀一槍，便如黏住了般，二人眼瞪眼，身形不動如山，暗以內力比拼。梁棋遁心念一動：「他們任何一個稍有動彈，便會遭對方的內力擊倒，我何不趁此良機，拿走那朝齡玉簡？」但又不願以身犯險，低聲向張朧道：「張姑娘，你師姐腿上的玉簡，你替他保管罷？免得打鬥之中，被人撿去了。」

張朧小聲道：「那不好的。」梁棋遁道：「有甚麼不好？」桂姐兒似笑非笑的看來，張朧咬牙道：「師姐本事高，不用我多事。」

南昭動彈不得，將他們的對話聽在耳中，心中稍慰：「師妹難得懂事了一回。」便無後顧之憂，閉上雙目，暗唸「賣」字訣，定氣閑神，突發強波，余可佛正自勉力抵擋，感到一股比前剛勁三倍的大力排山倒海而來，頓生怯意，只消得一退，那勁力立消無形，南昭即刻刀尖圓劃，旋腰一個「發」字揮出，「喀啦」一聲，似乎有甚麼東西斷裂了。

南昭情知余可佛傷後，必定發狂，自己萬萬不是他的敵手，手掌一拍，還刀於鞘，兩臂一張，踏水逃逸。余可佛一聲怒嘯，緊追而去，留下一行血跡。

變故陡生，眾人猶未看清，均驚駭不已，放眼水榭中央，只見一隻血淋淋的小指頭。

卻說南昭運起輕身功夫，掠過幾座房頂，余可佛在後窮追不捨，愈追愈近。青天白雲下，南昭無所遁形，如此下去，非給余可佛追上不可，於是落到地上，鑽入洞房交錯之處，貼牆而進。余可佛停下腳步，在房頂眺望，尋找南昭的蹤影。眼看余可佛在房頂上駐足查看，逐個跨去，與南昭近之又近。

南昭瞥眼見走廊盡處有一個月洞門，門後一片郁青，仰首深深一吸，發足狂奔。余可佛耳目何等厲害，稍有風吹草動，已然知覺，鷹抓老鼠般沿屋頂追趕。

南昭眼前一黑，是余可佛的影子匝蓋頭頂。此人高高舉起兩刃三尖槍，蓄勢待投，心知此劫不過，絕無生機，於是咬緊牙關，耗盡腹中之氣，投入月洞門後樹林。人在半空，腦後一陣涼意，那槍插到地上，餘勢未消，兀自搖晃不定。

春裏竹林，爽若清秋。余可佛不知為何，不但沒追進竹林來，銷聲匿跡。南昭認得這便是羅思舉藏身之地，但路向卻與當日頗有不同。身邊流水淙淙，眼前芳影道道，如在夢裏。迷茫的走了一陣，見竹疏葉敷之地，那管事丫鬟招彥正在與一眾侍兒浣衣，歡聲笑語，就好像高唐觀內一切生死拼搏、都沒有發生過一般。

招彥抬頭見南昭，蛾眉輕彎，淺淺一笑。相貌舉止，清麗脱俗。忽然離了僕眾，朝南昭走來。南昭只道他有話要說，招彥卻如若不見，擦肩走去。南昭只覺他隱隱示意自己跟上，猶豫一下，抬步跟隨在後。

行得一炷香時分，招彥回過頭來，將搭在臂彎裏的一襲黑衣披在南昭身上，又是淺淺一笑，道：「高唐觀來了新客人，南姑娘知道，怎也不告訴婢子一聲？」

南昭看往他身後，卻見思舉坐在溪邊拭劍，訥訥的作不出一聲來。

招彥幽幽一嘆，道：「瞧這光景，姑娘仍未準備好見朝齡主人呢。」身子一晃，瞬息變成竹林裏一道影子，又是一晃，化為無有。

南昭心神大震，心道：「羅思舉在這兒的事，他原來知得一清二楚！」不及琢磨招彥那深意之語，羅思舉已看到了他，迎上前道：「小妹，你為何弄得渾身是傷？發生甚麼事了？」一句話猶如當頭棒喝，南昭心道：「啊，是啊，我身受重傷！」一念既生，痛楚鋪天蓋地而來，昏倒在地。

南昭傍晚時醒來一次，思舉正拿濕布沾他嘴唇，身上穿著招彥所送黑衣，心道：「原來不是夢。」但感疲意捲上心頭，復又沉沉睡去。第二天醒來，已過晌午，頭痛欲裂。思舉取枝葉蓋在他身上，說道：「我去弄點吃的，你在這裏休息。」

南昭便臥著等他。久等不見，不免胡思亂想，但身軟力弱，使喚不起，眼睜睜的無計可施。

這時耳邊傳來桂姐兒壓低了的聲音，道：「昭妹妹！昭妹妹！」南昭大喜，道：「我在這裏！」桂姐兒循聲摸來，撥去南昭面上葉子，也是喜上眉梢，道：「妹妹躲在這裏，害我一頓好找。」說罷扶南昭坐起，道：「昨日那場硬仗，我看得是心驚膽跳，你傷在何處？我著你看看。」

南昭道：「余可佛一掌震及我臟腑，令我元氣微弱。至於外傷嘛，恐怕數不清了。」又苦笑道：「我之前中了來時傑的鬼頭五毒，一直靠元氣護持，毒質才沒有擴散，如今這境況就難說了。」

桂姐兒敞開他衣服，見皮開肉綻，傷口有的結痂，有的滲血，均已灑上金創藥。狀似無意的道：「也難為你傷得如此重，藥還上得挺周全。」南昭神色一緊，臉色張得通紅，道：「是麼，胡亂一塗，也就是了。」

桂姐兒味出不對，南昭卻一個激靈，完全清醒過來，心道：「糟糕，待會兒羅思舉回來，豈不是會與桂姐兒打照面？不但桂姐危險，連我是白蓮教這事也瞞不住，我得想個辦法支走桂姐。」道：「其他人事後有甚麼動作？」

桂姐兒一邊替南昭穿回衣服，一邊道：「余可佛追著你離開散夢小築之後，下落不明。你師妹把自己關在房內，半步不出。秦絳聽見你有玉簡，心動得不得了，但只敢想、不敢做，成不了氣候，不用理他。反倒是梁棋遁……」

南昭緊緊握住桂姐兒的手，皺眉道：「他害你麼？」

桂姐兒抽手，低頭道：「妹妹疑心太重，把他人想得這般壞。」頓一頓，道：「我十三歲上，母親將我賣入勾欄，一切聽媽媽的。二十一歲上，一個恩客引我入教，一切聽齊二寡婦的。只有梁棋遁不求甚麼，問我的往事，問我的見解。他是惟一可以救我的人。」

南昭道：「我糊塗了，他聽你說話，便是救你嗎？」桂姐兒道：「我活到如今，又賣身、又從軍，仰人鼻息，又有甚麼意思！我早有尋死之心，是梁公子寬慰我、敬愛我，你說他是不是救了我一命？」

南昭待勸他，卻聽竹林腳步微斛。桂姐兒內力不高，渾然不覺。南昭忙道：「我遲下再跟你解釋，總之梁棋遁居心不正，遠離為好。你趕緊回觀裏罷，免得其他人不見你，生出疑心。」

桂姐兒一看竹林，道：「有人來嗎？」南昭道：「沒有啊。」桂姐兒一笑，道：「這回是我疑心重，咱們扯平啦。」南昭計算思舉到臨之時，心不在焉的「嗯」的一聲，桂姐兒從另一邊離去。二人各為其因，放下心頭大石。

桂姐兒前腳方走，羅思舉後腳便至，手中提著一個滿鼓鼓的布包。平鋪在地，都是野葚等果子，不必生火煮熟，免得被人循煙找來。思舉不消說，南昭自理會得。南昭向思舉說了散夢小築之事，末了嘆道：「可惜沒能將那大奸賊引來此地。要不然，以他心神受挫、你武功之高，此人如今已身首異處了。」

羅思舉久久不語，道：「小妹，我要你答應我一件事。」南昭道：「大哥請說。」思舉道：「我第一次見你時，對你說過『留得青山在，不怕沒柴燒』。如今也是一般，你答應我，無論以後發生甚麼，都不要想著同歸於盡。」南昭垂眸，可知道嗎，我不顧性命，都是因為想起了你。這話決難出口，只道：「我答應大哥，報仇時再不會以性命相搏。」

思舉這才滿意的點頭，道：「唉，你比我妹妹容易說話得多！」抬頭見天色大沉，道：「你現在不宜勞神，有甚麼事，等明天再說。你睡罷，我守著。」

南昭睡了大半天，如今是怎麼也睡不著。道：「大哥辛苦了一整天，換我守望罷。一有風吹草動，立刻喚醒你。」羅思舉一想，道：「也在理。我睡在你左近，你一推我就醒得了。」

南昭豎起耳朵，眼神數飄思舉睡顏，見他右耳上一記疤痕，是被自己一箭射破的。此時此刻，他是多麼想親一親那疤痕，但這樣一做，思舉便立時知覺。心中一直想，一直演繹，這一夜竟養得精神飽足。

破曉之時，金暉映得竹子如同碧玉翠瓜一般，又一日之始。心道：「也不知桂姐如何了，唉，但願他莫被那梁棋遁騙了，此人表面上清高傲骨，實則利欲熏心，比余可佛不會好多少。」想到高唐諸人，不期然念及朝齡玉簡，往腹上一摸，卻摸了個空。

心中咯噔一下，伸手再探，那一片綁在腰腹上的玉簡不翼而飛！南昭身子如墮冰窖，慌忙摸索綁在大腿上那一片，寶簡猶在，恐懼稍卻，沉思道：「莫非腰上那一片在我奔波周旋的時候失落了？但我綁得緊，收得又嚴密，斷無失落之理。」

六神無主之際，竹喧鳥鳴，正有三人梭林而來，南昭一顆心提到嗓子眼上，輕推羅思舉，低聲道：「有人來了！」思舉驚醒，摸劍柄環顧左右。只聽那三人將近，思舉在南昭耳邊道：「別動，他們多半摸不到這裏來。」過不了多久，那三人果然又折往西面。

南昭道：「幸好是虛驚一場。」思舉卻眉頭深鎖，道：「不對，西面是道峭壁，他們怎過得去？」毫不遲疑，背起南昭，發足就奔。過了半盞茶時分，腦後生風，聽得那三人從山洞處循地上痕跡在後追逐。

羅思舉背上負了一人，速度大打折扣，須臾之間，三人形現，赫然便是梁棋遁、余可佛、秦絳。余可佛當先叫道：「南昭，交出剩下那片朝齡玉簡來，饒你不死！」

南昭心道：「他如何知道我失了一闋玉簡？」對思舉道：「來人中，有一個叫梁棋遁，武功比余可佛有過之而無不及。那個女的使劍，我還未試過他的深淺，但恐怕也不是省油的燈。三人聯手，咱們一定不敵。他們想要的東西，本與大哥無關，你放下我罷！」

羅思舉罕見的動了怒，道：「你若怕了，便閉目養身，讓我應付，別再多說話！」南昭又喜又惱，低頭將思舉擁得更緊。思舉方想制止，想到二人今日可能畢命於此，難得一回放浪了心跡。

前面陡然出現了一個亂石崗，石頭形狀各異，大的足有三人高，小的指頭般大小，南昭認得這是隔開高唐觀與槐林的所在，道：「過了這兒，前面就是槐林。槐林霧氣深重，路徑錯綜，很容易脱身。」思舉道：「好。」走上一條碎石滿布的緩坡。腳下一步一滯，兩步一滑，舉步維艱。

追兵尾隨而至，秦絳道：「我身子輕，上去扯他們下來。」雙足一點，雙掌直拍南昭後心。南昭在羅思舉背上，不能回身，思舉側身一踹。腿長於臂，秦絳手掌未伸，思舉足端先抵他小腹，「砰」的一聲，秦絳跌出三丈之外。

梁棋遁與余可佛相視一眼，同時兩個筋斗縱到斜坡之上、堵在羅思舉身前，羅思舉因南昭之故，毫不戀戰，回身跑下碎石坡，身影被一塊大石遮擋。梁余二人自然不會放過他們，追到大石之後，舉目卻不見人影。

秦絳趕來，梁棋遁道：「我們分作兩路，余兄與秦姑娘去左邊，我去右邊，包保他們插翅難逃。」秦絳應下，余可佛道：「慢著，我去右邊，你去左邊。」梁棋遁假意作出不快的神色，躊躇片刻才道：「好罷。」於是余可佛、秦絳二人循右邊石徑去了。

梁棋遁朝左邊跑了兩步，慢悠悠的折回原處，環臂道：「南昭，我知道你和你的同夥在大石夾縫之中，出來罷！」他猜想果然不錯，羅思舉見走無路、跑不快，鑽身入石隙。聞言，將南昭放靠冷冰冰的石道裏，食指放在唇邊讓他不要出聲。南昭立明其意，猛然搖頭，淚水漣漣，用眼神哀求他。

羅思舉踱出石縫，梁棋遁一接他眼中神采，便知是個勁敵，道：「你是誰？」羅思舉道：「你不認識我，我也不認識你，我們的兵刃卻是一家人。來，咱們親近親近！」劍納長虹，白影倏出，梁棋遁吃了一驚，連忙也刺出一劍，兩劍相交，兩人虎口劇震，各自退開。

梁棋遁搶入石縫，羅思舉斜出一劍，梁棋遁只好放棄，劍尖倒挑，無聲無息，倏過羅思舉防守，直達鼻前。羅思舉左手駢指拂梁棋遁「孔最」穴，這一下圍魏救趙，梁棋遁收劍去擋，思舉早有後著，扣指往他劍身上一彈，盪了開去，趁此間隙，便想進石縫裏抱出南昭逃走，怎料二人方才乒乒乓乓的纏鬥，余可佛何秦絳聞聲趕回，思舉只能暗呼可惜。

梁棋遁欲將牘下的一片朝齡玉簡據為己有，當然不會支會他們南昭就在石頭裏，跳上前去，向羅思舉悶聲發招。

余可佛見情形，笑道：「好個羅思舉，尋歡尋到高唐觀上來啦！」挺槍長嘯，加入戰團。

梁棋遁心想南昭不受我，原是為了你！更暗下殺心，招招狠著。羅思舉聽余可佛暗示自己與南昭有不清不楚的關係，心頭有氣，回手一個劍圈，光罩余可佛槍頭，迎勢銜梁棋遁劍刃，連解二人招數。余可佛一凜，再不敢以言語挑釁，全神迎戰。

南昭在石縫裏，聽見錚錚之聲，愈響愈快，到後來近乎連成一聲，心焦如焚，從縫口瞧去，只見五丈之外，又是一道白融融的大石壁。捏捏僵硬的手臂，顫抖著抬手，運「賣」字訣，御起那大石壁旁兩塊小石，深深吸入一口氣，這時手抖得更厲害了，勉力一送，兩塊石子哐啷一聲撞上石壁，又滾入石叢。

余可佛大喜道：「看你往哪裏跑！」身子掠往石壁。羅思舉只道南昭逃走時不小心弄出聲響，連忙追趕而去。秦絳叫住梁棋遁，道：「梁公子別忙，我一直在旁觀看，並沒有見到人影。」

梁棋遁不信，抬足之際，一道聲音冷冷的響起：「不錯，我在這兒。」見南昭面如白紙，唇無血色，挨著大石，緩緩走出。為了思舉，他甘願置生死於度外。一手一刀，兩面一擺，好像兩片隨風飄搖的葉子。道：「若要朝齡玉簡，這便來取罷！」

梁棋遁和秦絳教他語氣中的氣概一懾，驀然生出慚愧。

梁棋遁首先回過神來，嘻嘻笑道：「我們已取得了一闋玉簡，果然妙得很。」南昭心道：「我只是不見了一闋玉簡，他們未必就得了，可能是詐我。」道：「哼，兩闋玉簡已被摔碎了投入山谷之中，你們得了個甚麼？」

梁棋遁故作驚訝，道：「咦？桂姐兒沒跟你說麼？」

南昭一聽，渾身血液如凝，卻不由得他不信。

那日桂姐兒前來竹林探望，神色本就古怪之極，又敞開自己衣衫，狀似關切，實是趁機解下自己綁在腰間的玉簡。面如死灰，心似滴血：「為甚麼？為甚麼他要背叛我？」回想桂姐兒對梁棋遁的種種情狀，果然大有意思，這才恍然大悟，心中燃起熊熊烈火。真氣一岔，左腳跌出，右手只好揮出一招「鋒發韻流」，低身向梁棋遁攔腰劈去。

梁棋遁見他進退失據，知他心神已渙，乘虛而入，劍困南昭步法，專刺他腳尖。另一邊秦絳立明其意，持劍頻攻快打，一招未完、一招又起。南昭本就須靠石頭支撐才能站直，手上應接不暇，腳下處處受制，敗象頓呈。過不多時，噹的一聲，梁棋遁卸下南昭右手柳葉刀，秦絳挺劍刺南昭心口。

梁棋遁伸劍攔下，道：「秦姑娘，不至於要取人性命罷？」秦絳道：「你不取他性命，等他養好了傷，後患無窮！」

梁棋遁知他說得不錯，見南昭視死如歸，自有一股風情，亦不願殺他，正舉棋不定間，一個人倏然落到南昭面前，手中鬼頭刀如火炬，梁棋遁未知來人深淺，一劍帶著七成勁力刺出，來人身手好敏捷，原來只是虛招一晃，矮身躲去，攔腰抱起南昭，穿梁棋遁、秦絳二人指縫之間一溜煙逃之夭夭，根本無從追趕。

這下變故突如其來，梁棋遁一出手，也知道此人只是身手敏捷，武功卻稀鬆平常，心中大憾：「怪我我一下心軟，否則朝齡玉簡已是我囊中物了。」

南昭見前來相救的人是阮捨懷，喜道：「捨懷，你是怎麼找到我的？」阮捨懷道：「我問桂姐兒的。」南昭心中一沉，道：「放我下來。」

阮捨懷道：「再過一兩里便是槐林，你忍一忍，咱們在槐林裏歇一會兒，好不好？」南昭不置可否。

二人進了槐林蔭蔽後，阮捨懷將南昭輕輕放在綠苔上。南昭倏然扣著他命門，厲聲道：「桂姐兒讓你來幹甚麼？」

阮捨懷茫然道：「他沒有讓我幹甚麼呀！我見你不回來，問他你去哪兒了？他教我來石崗，我便來了。」

南昭疑心未熄，道：「你不想要朝齡玉簡嗎？」阮捨懷道：「朝齡玉簡是你所有，我要來沒用的。」南昭見他神情坦然，信了他八成，道：「你以後千萬別聽桂姐兒的話。」阮捨懷道：「為甚麼？他還教我來找你。」

南昭鬆開手，嘆道：「他又要做對不住我的事，又使你來救我，這筆賬是無論如何也算不清的了。」

阮捨懷點點頭，別無批判，道：「昭姐，我接下來該如何？」南昭心道：「羅思舉就不會這般問我。」低頭沉思對策，想得一陣，卻見阮捨懷笑吟吟的看著自己，似乎已將一身榮損生死相交付。心道：「他大好前程，不能因我而浪費。」道：「他們追我正緊，咱們兩個一起，反倒要連累你。這樣罷，咱們分兩路，我在槐林跟他們玩捉迷藏，你就到杏花村龔老翁處等我。風頭一過，我也養好了傷，從槐林那邊下山，過來尋你。」

阮捨懷道：「昭姐無人照料，我放心不下。」南昭心中一軟，道：「你顧好自己，當心高唐觀那些奸人，我安心了，傷也養得快。」

阮捨懷道：「我身上沒有玉簡，跑得又快，他們不會殺我。」南昭眼圈一紅，擺擺手讓他走。阮捨懷道：「你多保重。」解下一個袖箭，縛在南昭手臂上，道：「這袖箭共有五發，都淬了毒藥，給你防身。」不待南昭推拒，走出幾步，不住回頭。南昭不禁他眼內深情，別過頭。

過得一時，正目而視，處處槐樹深，鳥飛人寂。人謂槐林多鬧鬼，其樹旋腰撓臂、其林霾重霧匝，説不盡陰森可怖。南昭擺脱了余可佛、梁棋遁追蹤，但在槐林中繞了兩天，仍找不到出路。

到第三天上，來到一個幽幽深谷。野果不敷充飢，拿石子射下一隻松鼠，冒險生了一撮小火，將松鼠剝皮，烤熟裹腹。吃得有四分飽時，頭頂「吱吱」一聲，忽然竄出一物，如一張飛網，落到南昭身前一棵槐樹上。

南昭打了個一突，定睛一瞧，那東西灰絨絨、眼碌碌，小鼠模樣。那小鼠又是「吱吱」一聲，張開網罩也似的身子，復又竄入林中。

南昭心道：「好奇怪的東西！」想起阮捨懷説過在巴山一帶有一種飛狸，一張身子，可以滑翔出三丈。南昭那時聽了，説他順口開河，哄自己開心。今日見之，確有其狸，得意的想道：「捨懷説這飛狸只在夜裏覓食，卻教我日光日白裏碰著了，下回見到他，一定得糾正糾正。」腦中猛地劃過一道驚雷：「不好！那飛狸在白天出現，不是覓食，而是逃跑啊！」

丟下松鼠，走沒兩步，身後果然傳來簌簌聲響，奔跑的話，反而引人追趕，心中微微一嘆，輕輕一躍，隱身槐樹樹冠裏頭，微微側首。

碧光透霧，只見梁棋遁、秦絳二人自林裏攜手走出，秦絳唉聲嘆氣：「又讓那死丫頭跑了！」伸出長劍，翻動地上的焦枝堆，道：「火堆透著熱氣，那死丫頭應該還在左近。」

梁棋遁把秦絳拉近身邊，道：「姓阮那小子武功平平，腳底抹油的功夫一流，南昭得他相助，如今恐怕已跑得遠啦！」秦絳被他逗得咯咯嬌笑，道：「你說這話有甚麼用？快去追啊。」話雖如此，軟綿綿的靠在梁棋遁肩上，殊無半點追趕之意。

南昭暗暗好笑：「這才剛過幾天，梁棋遁便已搭上了秦絳。桂姐兒今回竹籃打水一場空！」幸災樂禍一番，對桂姐兒忿怒之情稍見緩解。

梁棋遁低笑道：「那死丫頭平日裏心高氣傲……」想到南昭在神女峰上如寒玉孤山那股風流，心頭一熱，道：「他一寸一寸的躲避，我一寸一寸的搜去……」左手在秦絳的腰肢往上移去，道：「狼趕兔跑，總有精疲力盡的時候。他這次再難翻出我的手掌心！」

秦絳感到梁棋遁手心傳來的熱度，「啊喲」一聲，道：「想到那朝齡玉簡終於破鏡重圓，就如同我們成……」本想說「成雙成對」，終究羞於出口，含糊過去：「……我們就能成功練上玉簡上絕世神功。」

梁棋遁笑吟吟地，道：「咱們雖成竹在胸，可也莫要在這裏蹉跎得太過了。余可佛被那羅思舉纏著，分身乏術，咱們拿了玉簡，儘早離開為上。」

二人說說笑笑，又走入槐林。

南昭在樹上憂心如焚：「余可佛定是跟羅大哥耗上了，稍有差池，便有性命之虞。我……我該怎麼幫他才好？」轉念一想：「我是泥菩薩過江，自身難保，還求怎麼幫他？」

南昭躲過一遭，卻陷入更加兩難的局面。他聽說大漠上的狼群獵食時，先由其中一兩隻力壯的趕著獵物跑圈子，其餘的都看著，躺著歇息，並不急於一時。待那追趕的狼跑累了，改換另外兩隻，直到獵物筋疲力竭，狼群這才一擁而上，盡情撕咬。梁棋遁擺的，就是這個殘忍的遊戲。只要南昭生火，此二人便聞風趕至，南昭躲得了這次、躲得了下次，還有第三次、第四次、第五次……沒完沒了。南昭心知肚明，卻是無計可施。

接下來兩天，南昭在林中漫漫而行，採野果充飢，飲露水止渴，只餓得骨撐筋暴。打到一隻野兔，起意生吃，但嗅得血水腥氣，腹中便一陣翻騰，只好生了一個火，將兔子烤熟。兔子七分熟，追兵又至，南昭頓喪逃命之志，坐在原地看火。

梁棋遁與秦絳遠遠的看見南昭，均是一陣狂喜，接近時卻見他不慌不忙、慢條斯理的烤著兔肉；對視一眼，想起那日南昭在散夢小築中力戰余可佛，造詣非凡，只道南昭武功又有突破，不敢貿然進犯，在他身周一丈開外環伺。

南昭懶得理他們，拿一條尖尖的樹刺入兔肉，取出來時。樹枝騰騰的吐著白霧，也無半點血跡。撕下一條前腿，一咬下去，只覺唇齒都要流出熱油。

秦絳喉嚨一滾，望向梁棋遁。梁棋遁斗膽，走近一步，仍是繞著南昭走圓圈。雙目不離他手腳，防他突然發難。

南昭將兔肉吃得七七八八，霍地站起身。梁棋遁即如箭矢彈出三尺，驚疑不定，南昭一雙油光膩膩的手分往腳底一抹，嘴角一扯。

秦絳喝道：「交出玉簡來！」眼前紫影直撲，不知是甚麼暗器，慌忙躲開，第二道紫影連珠而至，嵌入秦絳肩頭。南昭靠阮捨懷所贈的袖箭，擾敵一時，更不停留，撥足就跑。

秦絳撕開衣服，見肩頭插著一枝短小的鐵箭，箭邊肌肉汎起青黑色。慘呼道：「箭頭有毒！」抬頭身邊已沒了人。

梁棋遁聽見南昭遠遠的説道：「我腳底抹油的功夫，也是一流！」不禁勃然大怒。他一生事事順遂，卻在南昭手上連連受挫，有扳回一城之機，自然不顧同伴，尾隨而去。

無論南昭如何以密林掩身，都擺脱不了梁棋遁，焦急之下，連連栽跟頭。眼看二人之間的距離愈縮愈短，又累又渴，幾欲暈倒。靈機一閃：「這裏附近為何沒有水聲？」

回想散夢小築小勝余可佛、竹林奇遇招彥、重逢思舉諸境，皆有活水之地。那日在滙川閣子，梁棋遁轉述朝齡主人的話中，也提到玉簡原來就收在一眼鹽泉之旁。這幾日來東躲西藏，未曾見過一眼泉、一小汉，槐樹卻又生得足長粗壯，不是很奇怪的事麼！於是運起一個「贕」字，細聽自然響動，忽聞西邊「咚」的一聲，是水滴擊石音，腳下趨之。

梁棋遁在後見他急調方向，打斜直追，如此一來，二人之間只有十步之遙。南昭只願朝齡主人所言非虛，跑出半里路，前頭出現兩道石壁，中間一道狹縫裂開。南昭想也沒想，一側身，擠進石縫之間。

梁棋遁片刻追至，南昭被夾在縫中進退不得，扭著脖子，抬右手對準梁棋遁就是一箭。梁棋遁早有防備，不費吹灰之力的躲過，笑道：「你這小兔子自投羅網，須怨不得旁人。」

只見他步步緊逼，倏然伸手，快似雷電，已扣住南昭右手命脈，運力要將他扯出來。南昭張口，波的一聲，一枝短箭激飛而來。原來南昭趁梁棋遁趕來的空擋，撥動機括，將短箭無毒的末端用牙齒咬著。梁棋遁只防著他一條手臂，卻沒有仔細看他面上。梁棋遁大吃一驚，不敢空手接毒箭，一招「珠簾倒掛」，改勾為踢，踢走短箭。

就在這一瞬間，南昭盡呼體內之氣，縮身猛擠，突然胸臆一鬆，跌入石壁背面，落到軟綿綿的青苔上。

梁棋遁忌憚他袖箭防不勝防，身材又高大，不敢躋身狹洞內，守在洞口，叫道：「我看你在裏頭呆得了幾天！」

南昭下背一層皮被石頭刮下，只痛得他撕心裂肺般。躺了一陣，張目一看，卻發現此間別有洞天！

抬頭白霧封頂，不見天日；眼前奇花異卉，色彩斑斕。一行泉水從嶙峋怪石的臉上流下，宛如古老的巫山神仙在哭泣哀嘆一般。水光瀲瀲，將周邊一切照得一閃一閃，瑰麗幻變，更似寶石明珠。

南昭實在氣虛力弱，一見水源，疾前跪在石邊，張口盛水。舌尖一品，那水竟是鹹的。流入腹中，四肢痠疲立消，南昭整個身子就如活了過來，精神亦為之一振：「這便是朝齡主人所說的鹽泉了。」以水洗擦傷口，初時痛忍難當，片刻雨過天晴，渾身舒泰，小傷竟自結痂。

於是就泉邊席地打坐，揮卻雜念，漸入無人。只見心台上萬里無雲，所望之地波平如鏡，外接天際。羅思舉的身影偶闖意念，一揮而散。直至半夜，終於睜開雙眼，神光直奔谷頂。

這時半天傳來「轟隆隆！」一聲巨響，貫耳穿心，接著是老天開眼，一幕白影，眨了幾眨，又置南昭於黑暗。南昭心道：「閃電能穿透霧層，達到我這兒來，可見這峭壁必無聳雲之高。不知我爬不爬得上去？」想到兩人在外就等著甕中捉鱉，爬上去已是百面懸崖、一綫生機，再喝下數大口鹽泉活水，心道：「我如有這水補充體力，不愁爬不上去。」一摸外衣，正是當日招彥送來的黑衣，棉的料子，與高唐觀平日的綢衣大不相同，心頭一喜：「天助我也！」脫將下來，悉浸小池裏，再穿上，將衣腳塞在腰帶裏。雖濕淋淋的不大好受，但受益無窮，這點不適不算甚麼。

取過貼身收藏那柄柳葉刀，正準備動手，忽發奇想：「我往刀身上一瞧，是否又會見到羅大哥的容顏？」這個想法如同一股魔力，不斷催他：就看一眼！就看一眼。忽然咬牙運勁，把柳葉刀折斷，連柄的刀身只賸下五六寸，再也看不到誰的容顏。

以斷刀為斧，現在壁上鑿出一行可容踏足的小孔，手腳並用，緩緩爬附上壁。初爬幾下，還算順利。石壁上有天然可著力之處，南昭便省了鑿孔之力，直接借用，片刻已爬出數丈。

南昭爬到如今，全仗一口氣，這時往下一看，不由得魂飛魄散，心想我這一摔下去，屍骨無全！手腳皆軟，用畢身之力，緊緊抱住石壁；欲上半寸，萬萬不能。喘息片刻，右手顫顫巍巍的挪開，拔來塞在腰帶的衣腳，將幾滴泉水擠入口中，神志稍定。

吃了這苦頭，再不敢上下亂看，一心一意的掃視離自己身邊尺餘之處。又爬了不知多久，上下皆是雲霧，更無天地之別，這才不必規限目光。南昭到此，鑿孔、換足、上手，嫻熟無比。累了便喝一口鹽泉水，但到後來，衣服被清風吹乾，只有被衣帶勒住那一塊仍是濕的。衣面上結成了粒粒鹽晶，南昭看著好玩，以指頭掃來一撮，入口即化，觸舌生津。

把握了規律，調勻了氣息，便不如何煎熬疲倦，反覺得體內真氣正在慢慢回轉。這下如常上伸手臂，手上忽然探了個空，腦中還未反應過來，伸手再探，又探了個空。足上發力，一個登雲筋斗翻上頂端，雙足一實，終於腳踏實地！

此際他將高峰踏於腳下，一顧之中，囊括高山長松，毫髮明晰。眼底峰腳邊，豎著一塊大石，隱隱寫著「高唐禁地，行人止步」八隻大紅字，不覺一怔。原來他在不知不覺中，沿峭壁攀登上了神女峰，更犯了止步的界限。茫然放眼，敞縱胸懷，只覺前所未有的舒暢，已不知所望何物。

轉身望峰巔的石床，卻見石床上坐了個人，神骨玉照，仙袂飄舉，手執一冊，遮住本來面目，正看得津津有味。

南昭油然生出一股戀慕，即依從心之所趨，頂禮膜拜，道：「得見主人，弟子何幸！」一股無形的大力將南昭輕飄飄的托起。南昭甫立，耳中如有人探首呼喚：「上來罷！」南昭步步登極，如在夢裏。只見朝齡主人手上之冊，厚厚一沓，原是一本賬簿。一頁一頁翻開，佈滿蠅頭小字；一筆一筆記錄，欠還無所遁形。

朝齡主人看賬，目不旁視，南昭便規矩的站著。

朝齡主人看了該有半個時辰，才開口道：「一盤生意中，有哪三類賬？」南昭道：「買回來的、賣出去的，該有兩類，還有一類，弟子不知。」朝齡主人道：「你練長生譜，應該知道，人壽中亦有三類賬，是哪三類？」

南昭心道：「這位前輩是查問我長生譜的功課。」道：「一類是『賣』，另一類是『贖』。再有一類，弟子不知。」

朝齡主人放下賬本，露出尊顏，道：「既不知，何不求解？」南昭一見，「啊」的一聲：「龔老前輩！」雖說是「老前輩」，眼前之人可一點不老——黑髮如墨，膚似羅紋，瞧朝齡主人容貌，便似是杏花村中那糟老頭子脫胎換骨了般。

一切疑團，都因此而解釋過去：朝齡主人以龔翁面目相贈玉簡，又顯真身曉喻梁棋遁，教他轉告高唐諸客玉簡之事；又明知梁棋遁、余可佛、秦絳，甚至桂姐兒等人心術不正，仍放任自如，原是考驗南昭，看他周旋態，到底堪不堪大用。

南昭道：「請前輩賜解。」

朝齡主人微微一笑，道：「你拿玉簡來看。」南昭羞愧的道：「弟子不察，其中一闋玉簡落入奸人手中。等弟子養好傷，必定向那些奸人討回！」

朝齡主人道：「討回玉簡這件事，等我與你交代完了，你再去辦不遲。我當初不許你看玉簡，是機緣未至，如今允你看了。」南昭道：「是！」背過身去，解下玉簡。

朝齡主人道：「我贈你一個『賒』字。你且看罷。」

南昭一聽那「賒」字，心旌搖曳，卻見玉簡上開篇兩句寫道：「名列此譜者多泣，名外此譜者不壽。不練賒訣，長生不成。」

第二行具人名：「項羽　嵇康　李煜　盧照鄰　楊玉環　顏真卿　金聖嘆」。及後一行，有一首「淚賒歌」：

「故友殭身首，霄雲壤廣陵。林花江海醉，汎浪跛鴛鳴。蜀客華清水，龍興柏下墳。哭生多亂法，湘淚共人神。」

「一身賣出錢一堆，錢在手頭任花費，遊戲人間，只少不多。賒得餘裕思周轉，看透假笑真泣，先賒後盈，先死後生。鵠白烏黑天高廣，星列草分古來是，河流短長，情懷淺深。」

南昭看罷，心中尚未明白，胸臆慟極，幾欲大哭，卻無淚可流。朝齡主人道：「哭罷，哭罷。高唐大門已開啟，你自回去，大哭一場！」

第六回

食客三千皆可用　解謎了願一眼中

香煙涔溢鏤鼎，鶴嘴吞吐波海。齊二寡婦身穿白色勁裝、手縛白銀護腕，負手而立，只覺鼻間檀香，似有若無，抬頭看壁上掛著的海棠春睡圖，左首上題有一首詩，云：「二月巴陵日日風，春寒未了怯園公。海棠不惜胭脂色，獨立蒙蒙細雨中。」【六】

齊二寡婦不識字、不動畫，只是隨意看看。，轉過身來，笑問：「梁公子說這個叫南昭的女子失足掉下山崖，死了，是親眼所見呢，還是聽人說的？」

廳上正坐著梁棋遁、余可佛、張朧、秦絳等高唐客。桂姐兒立在齊二寡婦右側，面色蒼白，連握著芭蕉扇的指骨也是慘白的。

梁棋遁聽齊二點名，嘆了一口氣，道：「在下是親眼所見。」齊二寡婦一雙鳳目灼灼，道：「白蓮教正值求賢極緊之時，我聽這南昭武功不俗，死了實在太可惜，若有無禮之處，請梁公子見諒。」卻不聽應聲，見梁棋遁呆呆的瞧著自己，道：「梁公子？」

梁棋遁這才回過神來，道：「二師父愛才情切，在下絕無怪責之意。」秦絳冷笑道：

【六】宋・陳與義：〈春寒〉

「死了實在太可惜？那小賤人拿毒箭射我，廢我一條膀臂，手段陰險毒辣，我說南昭死得好！」

齊二寡婦心想：「我還嫌昭妹做得不夠絕呢。」轉過頭向余可佛道：「余大哥若見到王天師，請代我向他問好！」余可佛嘿嘿一聲不答話，卻暗暗為齊二寡婦的風度心折：「王三槐的胸襟，比這個婦人頗有不如。」

那日羅思舉為救南昭，與余可佛你追我逐的鬥足十四日，彼此都筋疲力盡。余可佛捨了思舉，回高唐觀療養。經此一役，余可佛銳氣大減，每見右手斷指，不免耿耿於懷，夜裏亦咬牙切齒，誓要將南昭碎屍萬段，方解得了心頭之恨。於是和梁棋遁、秦绛一起修練從南昭偷來那一片朝齡玉簡。余可佛悟性極高，不出數日，竟自成就「賣」、「贖」二訣，且與自身功夫融會貫通。強把玉簡據為己有，梁秦二人武功不如，無可奈何。

梁棋遁道：「白蓮義軍豪傑如雲，不畏強權，反抗暴清，在下向來景仰，不知今日可有捷訊？」齊二寡婦道：「梁公子景仰咱們白蓮教，何不加入咱們的行陣，跟一眾豪傑並肩作戰？」梁棋遁窘迫的道：「這……這……」

齊二寡婦猶如看穿了他的心思，緩緩道：「白蓮教中人出身微賤，江湖上的朋友不說甚麼，心裏不齒，我們心裏有數。」梁棋遁道：「我不……」齊二寡婦道：「我是黃號白蓮領袖，手下兄弟姊妹，無一不是身經百戰、鐵打銅鑄，你哪來看低我們的本錢！」這幾句話委實不客氣之極，在齊二寡婦口中說來，天經地義，梁棋遁一向巧舌如簧，卻不知如何應對。

余可佛只聽得熱血沸騰，拍手道：「不錯！」

齊二寡婦微笑道：「看，真正的好漢子才能體會我這句話。梁公子自然有過人之處，只是這些空口景仰的話，以後萬勿說了。」

余可佛連日來先是情場失意，後受斷指之辱，聽齊二寡婦稱自己為「真正的好漢子」，暗貶梁棋遁，更覺齊二寡婦慧眼識人，只可惜是個婦道人家。至於南昭素與桂姐兒交好，只道女人家交手帕，原屬正常，竟絲毫沒有懷疑南昭是否與桂姐兒一樣，是齊二寡婦手下。

桂姐兒強笑道：「余公子是英雄不錯，可惜明珠暗投，難以大展拳腳！」齊二寡婦瞪了他一眼，桂姐兒低頭退到齊二身後。齊二心下不悅，但不露形色，道：「我這桂姐性子急，替余兄感到不值。我也有此意，但王天師、來法師都是江湖上有名望的人物，我怎好說出口？」意思就是王三槐、來時傑兩個空有名望，能力不足，余可佛怎可屈居此二人之下？

余可佛雖自居身份，來去我素，但外人看來，不免仍是把他當做王來二人的附從。想到此節，不禁陷入深思。

突然，一枝冷箭破窗而入，哐啷一下，花瓶應聲粉碎。眾人隨即警覺，都站起身來。轉瞬之間，室外萬箭齊發，篤篤篤篤、乒乒乓乓，若不是室內眾人身懷異技，恐怕都要萬箭穿心，非死絕不可。

齊二寡婦左手握拳，橫開揮去，羽箭被他白銀護腕一擊，頓時斷成兩截。手腳不停，喝道：「桂姐兒，咱們在前頭擋著，掩護大夥兒撤出去。」桂姐兒道：「是！」旋身與齊二並肩，芭蕉扇快成了一道綠影，鬧銀手鐲叮叮叮叮的，煞是悅耳。

余可佛道：「也讓我來！」大喝一聲，音波遠遠推出，羽箭猶如碰壁，半空落下。齊二寡婦暗暗吃驚：「此人武功比傳聞更要厲害！須得再用上些手段，令他為我所用。」

幾人不住往廳外移去，秦絳稍一錯腳，落後於大隊，一枝羽箭迎胸插來，命喪當場。終於出得花園。箭雨驟止，四周空蕩蕩的悄無聲息。日照春寒，忽艷紅、忽朦白，花霧皆非。

齊二寡婦道：「大夥兒靠近些，各人看一個方位。」眾人聽隨號令，全神戒備。霧裏傳來一聲長笑，有兩個人走出，卻是王三槐和來時傑。二人甫站定，不計其數的白蓮教徒亦自現身，將眾人團團圍住。

王三槐笑吟吟的道：「眾位沒受到驚嚇罷？」來時傑朝余可佛招手，道：「賢弟，過來我們這邊。」

齊二寡婦道：「你們白號的規矩我不清楚，但總沒有將自己人連同其他人一網打盡的道理。」

來時傑怪眼一翻，道：「你這婆娘，仔細你的嘴！」齊二寡婦手低寒光一閃，一個白蓮教徒大叫一聲，便即氣絕。

王三槐與來時傑這才上下打量他。王三槐冷冷的道：「我道是誰，原來是黃號二師父王聰兒，久仰！」向來時傑一使眼色。

來時傑意會，豎起大拇指道：「素聞齊二寡婦狡獪擅辯，三言兩語將人玩弄於股掌之中，果然名不虛傳。你別忙挑撥咱們兵將的關係，乖乖的納命來罷！」話音未落，「呼」的一聲，五毒鬼頭杖眨眼點到齊二寡婦咽喉。

余可佛聽見「兵將」二字，心想你王三槐、來時傑是將，我余可佛豈不是任人使喚的兵？由是心中一陣恚怒，愈想愈是氣難下嚥。

齊二寡婦斜身溜溜的飄出一丈，鬼頭杖離他咽喉數寸，卻始終碰他不著。來時傑老臉一紅，按動機括，毒煙噴出。齊二寡婦一記鴛鴦連環腿，勢勁好淩厲，來時傑抱杖往後一翻，躲了開去。

齊二唰唰一擺，提腿踏地，拿樁起手，來時傑倒轉杖身，橫拖起漫天泥塵，朝齊二寡婦襲去。

在場的人除了桂姐兒之外，都未見過齊二寡婦的真功夫，都翹首以盼，想知道這令清兵聞風喪膽的婦人身手到底如何。

只見齊二寡婦素袍一翻，泥塵紛紛落下，猶如子落棋盤，說時遲、那時快，齊二寡婦躍起越過來時傑頭頂，雙拳打出。來時傑忙舉杖直擊，齊二寡婦百鍊鋼般的拳頭，眼看就要硬碰杖頭之時，忽爾化為繞指柔，如一條銀白色的蛇攀纏杖身。

待來時傑味出不對來，銀蛇又成鐵鎖。來時傑一拉，鬼頭杖竟紋絲不動，正自心慌意亂，齊二寡婦卻咯咯一笑，長臂一扭，將鬼頭杖夾在腋下。來時傑怒道：「你笑甚麼？」

他悶聲跟齊二乾鬥力還好，一開口說話，一道氣便泄了，齊二寡婦乘機催動內力，回身一舉扯去鬼頭杖。來時傑自煉成鬼頭杖以來，一人一杖形影不離，大敵當前，更不消說。道：「余兄弟，快來助我！」

余可佛在旁觀戰，早已躍躍欲試，聽來時傑使喚自己，壓下心頭不快，提起兩刃三叉槍，跳到齊二寡婦面前。

齊二寡婦把鬼頭杖往腰帶一插，道：「好啊，兩個打一個，才叫旗鼓相當！」一矮身子，倏然一拳拂出。余可佛見只是稀鬆平常的一記拳，也不在意，伸出槍頭直刺他拳頭。

來時傑欲舉杖助陣，但二人身影翻來覆去，糾舒絞疏，根本插針不下。

齊二寡婦這一拳未等使老，另一拳卻已到了余可佛胸前，手腕一沉，重重捶他上腹。齊二使的這套拳法叫做「乾坤拳」，每招中兩拳，或一拳天、一拳地，或一拳陽、一拳陰，敵人不思則中計，多慮則遲緩，原叫人防不勝防。

余可佛上腹中拳，只覺血氣上湧，但沒有傷及內元，心知齊二寡婦手下留情，但一招即敗，又是在一眾白號孩兒面前，顏面掛不住。當下氣息未調，便施展起槍外槍法，攻了過去。領悟「賣」、「贖」二訣後，他一招中已能化出七十槍。只見他槍頭寒刺倏然來去，齊二寡婦道：「來得好！」雙拳一分，道：「看我這招『天高地厚』！」身法如影，穿過槍叢，右拳自下而上一擊。

余可佛瞧出齊二寡婦拳法中一乾一坤的路數，見他拳到，只道仍是虛招，槍指他右拳。豈料齊二在這招「天高地厚」中稍加變化，先地厚，才天高，實招先行，虛招擾敵，余可佛明白個中玄機時，上腹又中了一拳，催緊手勁，槍頭倏繞過齊二寡婦雙拳，斜下齊二背後，在他左腿上刺出一個大窟窿。

王三槐不料齊二寡婦竟如此了得，見齊二寡婦失利，更不猶豫，叫道：「孩兒們，上！」齊二寡婦一個撲步，以左腳支撐，緩解右腿痛楚，也叫道：「出來罷！」白號教徒身後，有三十名黃號教徒陡然冒現，他們是齊二寡婦最精鋭的部下。王三槐先是一驚，一算人數，心神大定，嘿嘿笑道：「區區幾十人，如何抵擋我白號上萬人眾？上！」

齊二寡婦手下右護法跑上前來，雙手遞上偃月刀。齊二寡婦握刀往身側一擺，左手往腰上一叉，鳳目裏頭，如同藏了阿鼻地獄。白號教徒都不自禁的在他身前五步停下，有一個稍膽小的教徒被他嚇得肝膽俱裂，大叫一聲，軟軟倒下。

王三槐催道：「上啊！殺了這個妖婦，高唐觀以後就是咱們的了！」

白號教徒中不乏亡命之徒，想起進觀時所見之金碧輝煌、畫棟雕梁，猛喝壯膽，撲向齊二寡婦。

右護法擋在齊二寡婦身前，砍倒兩名白號教徒，道：「二師父，他們的人佈滿了整個山頭，我怕抵擋不住！」

齊二寡婦也未料到白號會傾巢而出，才明白王三槐對高唐觀是志在必得，一揮手下行陣，道：「還有二十個兄弟姊妹，他們如今在哪兒？」

右護法錚錚錚三下，殺退撲來的五人，道：「他們帶同糧食營帳在山下杏花村中挖溝堆壘，等著接應二師父。」齊二寡婦道：「做得好。我們分做兩隊，自不同方向包抄過活池。遇見白號的人，能殺盡殺，能傷盡傷，但一定不要跟他拚命。」

黃號子弟齊聲領命，當下由桂姐兒和右護法領一隊、齊二寡婦領一隊，殺出重圍。

余可佛見齊二寡婦臨陣鎮定自若，手下人對他盡皆信服，是王三槐所不能及。拉過張朧，道：「這裏兵荒馬亂，你站在我身邊。」張朧卻用目光去找梁棋遁，但放眼人海，哪有梁棋遁與秦絳的身影？王三槐見齊二寡婦措手不及，洋洋得意，未功先慶，道：「今番全賴法師良計，高唐觀第二把交椅非你莫屬！」

來時傑扯出一個猙獰無比的笑容，道：「天師是天生聖人……」忽然神情一肅，道：「怎麼還有人來？」余可佛內功深厚，亦自聽見，比來時傑聽得還準確，道：「西面來了五十六個人，步履沉重，身穿鐵冑，應該是清兵。」

王三槐與來時傑都是一驚，但各有其驚異之處。王三槐心道：「怎麼驚動了清兵？佔領高唐觀還能成功嗎？」來時傑心道：「余可佛一下子聽出來者方位、數目、身法，比他投入白號麾下時所顯露的功力精進了十倍，他到底藏有甚麼野心？」

王三槐隨即調令一百人前往西邊截擊清兵，來時傑道：「天師放寬心，區區幾十人，還不足以令咱們發愁。久聞高唐固觀風景如畫，不如帶上幾個孩兒，一同遊覽，如遇高唐餘孽，順道一網打盡。」

王三槐一向依賴來時傑出謀劃策，點頭道：「法師所言甚是。我倒要仔細巡行一下這塊風水寶地，哈哈！」

於是點選了教中數十名好手，逕往高唐樓台樓閣匯聚之處走去。余可佛與張朧跟隨在後。余可佛一陣鬱憤，見王三槐摩挲著一套鬥彩鯉戲杯，一副心花怒放的模樣，心道：「他王三槐坐第一把交椅，讓來時傑坐第二把，我余可佛坐哪裏？」

王三槐正看得眼花繚亂，抬頭見一大開間，正中供著一塊東西，金光閃閃，白霧透露，散發著柔和的光芒，不知是何物。見獵心喜：「高唐觀供奉的東西，必是珍品。」當下令那數十名教徒守在原處，道：「法師，你與我進去。」

余可佛兩眼一翻，一扯張朧，大步往外走去。來時傑正待挽留，王三槐皺眉道：「由他去罷，我王三槐如今是高唐之主，他若不服，便不要留在這裏！我們也不差他一個。」

王來二人走進中堂，之間內間別無他物，更無甚麼金銀財寶，只有一座長生祿位。這長生祿位以檀木製成，放在楠木桌上，有香花供養。上面沒有名諱，不知奉的是誰。

王三槐咦的一聲，復又走到院子裏，回看堂上，依舊有一金光閃閃之物，才知道那眼看平平無奇的牌位是一塊稀罕之物。伸手扯那牌位，道：「還要勞駕法師揮毫，把我的名字寫上去……」眼前一寒，一道灰影迎面撲來！

來時傑躍上前去，持杖反向那灰影襲去。那灰影一閃，越過來王二人頭頂，落地回身，又向王三槐刺去。王三槐滿以為取高唐已如探囊取物，連兵刃也不帶在身上，只教一個小嘍囉拿著。當下無力還手，慌忙躲到來時傑身後。來時傑吊杖一捶，那灰影見來勢甚勁，側身仍是向王三槐刺去。來時傑一杖下去，力度雖大，靈活稍遜，直把地磚敲出一個大洞。

此時灰影已乘隙欺近王三槐，舉手劃劍，割破他的咽喉。王三槐長大了口，卻發不出半點聲音，挺胸突眼，倒地而亡。那灰影定形，不是羅思舉又是誰？

原來思舉獨自在山洞中將養，算準白號軍將在這幾天進犯，又覷準王三槐貪財，逢金銀珍稀之物必然起意，便埋伏在長生祿位之後，伺機刺殺王三槐。黃號白蓮教群龍無首，自然瓦解。

來時傑大駭，疾前吊杖盪開，羅思舉跳上楠木桌，蹲身轉避。來時傑一杖砸落那祿位木牌，那木牌非但沒有破損，還反彈出一股大力，來時傑只覺一陣麻軟自虎口傳到肩胛，鬼頭杖險些脫手。羅思舉滾到地上，一招「樑上君子」，橫臥出劍，直指來時傑足踝上「商丘」穴。

來時傑雙足蛙彈，躍到半空，雙手握杖，迎頭擊下。

余可佛聞聲趕來，環手笑吟吟的在一旁瞧著。來時傑道：「還不快幫手！」余可佛冷眼王三槐屍身，兩手一攤，道：「王天師說『我王三槐如今是高唐之主，他若不服，便不要留在這裏，我們也不差他一個』，死者的話，怎能不聽？」心想：「王三槐卻是為了件甚麼寶貝葬送了性命？」見堂上長生牌位，與朝齡玉簡、長生譜等隱隱呼應，於是一把攫過木牌，揣在懷中。

來時傑分神說話，羅思舉連退他三步，料知勝來時傑易，殺他必存同歸於盡之心，反正白號領袖已死，目的既達，也不戀戰，展臂破窗而出。

余可佛心道：「我平生所遇過的勁敵，此人也可算是其中一個。如今我初窺蹊徑，不知比他如何？」輕身追去，不一時趕上羅思舉。

羅思舉劇鬥一輪，自知腳力不如，駐足道：「余兄不是白蓮教匪，你我也就不是敵人，不知有甚麼指教的？」余可佛道：「我不是要指教你，我是要拿你開刀，看招！」羅思舉狹目一張，方才挽出一個劍花，余可佛槍芒便到，一下先聲奪人，羅思舉只有招架的份兒。

鬥得緊張之際，一葉柳葉刀無主自來，刺向余可佛後心。余可佛著地一滾，沾上一身泥草，勉強躲開去，實已是凶險無比。那柳葉刀滴溜溜的落入一隻素手中，只見南昭信步走來，另一手扣著張朧腕上命脈。

余可佛心神大亂，道：「朧朧！」羅思舉不欲乘人之危，罷手而立。南昭刀指余可佛，張朧軟語求道：「師姐，別殺他。」南昭冷然道：「誰是你師姐？」

余可佛大叫道：「他又殺不了我，朧朧你不用求他。」張朧眼淚漣漣，半晌方道：「師姐，你是我師姐的。」

南昭低聲罵道：「死丫頭，一個男人、一個師姐，都被你拿捏得死死的。」對余可佛道：「如今有兩條路你走。一，你自行廢去長生譜功夫，與我師妹雙宿雙棲也好、遠走高飛也好，我不理你。二，死在我刀下。你選罷！」

余可佛看了張朧一眼，心中的天秤一邊放著心愛的女子，一邊放著長生譜，權衡揆度，在長生不老的誘惑下，以往心愛變得微之又微，最後化為烏有。道：「你若殺不了我，連另外一片朝齡玉簡也要給了我！」

張朧對梁棋遁有意，卻也不是對余可佛無情，只聽得傷心欲絕，幾欲昏厥。南昭把他帶到樹邊一放，道：「好你從我屍首上取。」余可佛身影一閃，施展槍外槍法，合長生譜功夫，猛點南昭左手。南昭運起「賒」訣，手掌倏地一抬，竟自將槍頭拿在手中。余可佛一驚，即行變招，使出「纏」字法，槍身如大魚撲騰，長此下去，南昭要麼放手，要麼斷送一條手腕。

南昭果然放了手，身子卻順著槍桿轉去，欺近余可佛面門之時，柳葉刀已拔出，銀光乍現，往余可佛手背削下。余可佛小指被南昭斬斷，手背正是功夫破綻所在，連忙側身一踢，南昭左手又是一拿，捉著他腳踝，「喀啦」一聲扭斷。余可佛倒地，隨即一瘸一拐的跳起，面上青一陣、紅一陣。

南昭倒提單刀，負手而立，睥睨敵手。實不知如此幾招，已令他真氣涸竭，若余可佛再度發難，他是一招也挨不過去。心想：「原來那『賒』字訣乃是先記賬，後還債；借將來之力，以應當下之需。借自身之力，自然折壽，要得長生，豈不是要借他人之壽？」想到這裏，打了個寒顫，不敢再想。但大敵當前，仍是裝出一副氣定神閑的模樣。

余可佛瞪著南昭道：「怪不得齊二如此器重你，慘霧娘子果然非同凡響。」南昭心跳驟停，一直埋藏的秘密終於袒裼裸裎，無可挽救，如切藕拉絲般，看向羅思舉。

余可佛見他神情，恍然大悟，道：「妙啊，原來羅兄弟不知道！妙啊！」影子東一晃，西一忽，笑聲如群山共鳴，轉眼絕跡。

羅思舉喃喃道：「你便是慘霧娘子……我早該想到的。你原本是一個堅守正道的好姑娘……」南昭道：「大哥，我從來都不是那樣的。」羅思舉一呆，垂眼見潭水千尺，映照南昭成雙，一個是鏡中花，一個是庭中芳，一個實、一個虛，一個在哭、一個在笑，兩個都是真——只看你信哪一個。道：「罷了，我們是兩路子的人，不能強求你甚麼。今日之事，謝……」

南昭不讓他說下去，厲聲道：「你別謝我！」眼淚卻奪眶而出，模糊了思舉默然離去的身影。

張朧站到南昭身邊，道：「師姐，我是個愚蠢的女子，不知道這樣說對不對。這個羅思舉，他……他終非良配！你便忘了他罷！」

南昭低頭牽來張朧的手，起初只是流下兩行清淚，雙目一閉，目視無物，一片渾沌，一下子百念叢生，淚如泉湧。與思舉過往一分一分，一幕一幕——豐城初遇、聯手退敵、活池重逢、竹林相依，竟都是如此的刻骨銘心！他怎捨得忘記，怎捨得不等下去？

張朧撫著南昭背心，二人相視一眼，嫌隙都在這默默一刻冰釋。

張朧道：「師姐，白號佔了高唐觀，咱們怎麼辦才好？」南昭道：「黃號白蓮教所到之處，都會留下記號。我帶你去見一見聰姐。」一路上果有手掌大小的黃符指引，或縫於葉上，或浮於泥窪，或釘在蝶翅上。

二人行到第三日，來到杏花村。說是杏花村，卻已沒了半點杏花蹤影，都與人家一道倒在瓦礫中。黃號白蓮教築起尖木圍欄，鋸開一道門口通行。門口外有一個嘍囉站哨，一見南昭，飛奔通傳。不一時，一個人遠遠跑來，把南昭抱在懷中。南昭輕輕推開那人，見是阮捨懷。阮捨懷道：「對不起，我……我太高興，才……一時……才……」

南昭溫和的道：「你平安，我也痕高興。」側身道：「這是我三師妹。」阮捨懷道：「三師妹好！」眼睛始終不離南昭。南昭大感頭痛，道：「聰姐呢？」

阮捨懷道：「二師父不知要見甚麼人，一大清早就出去了，還沒有回來。二位餓了罷？我來整點吃的。」請二人走到圍欄後一頂小帳裏坐了，親自下廚，弄來一桌飯菜。末了坐到軟鋪上。

南昭靠火烤乾頭髮中的濕氣後，挨到小几邊。方動筷，抬頭卻撞進阮捨懷眼中。南昭心頭一顫，復低下頭去。隔了一陣，微微抬頷，見阮捨懷正衝自己獃獃的笑著，於是阮捨懷和羅思舉的身影時大時小，此消彼長，委實難以抉擇。

這夜齊二寡婦終於歸來，當即召南昭入帳，憐惜的拍拍他的臉，道：「好妹妹，清減了。」南昭道：「聰姐怎麼親自來了？」齊二道：「你是我惟一的妹子，我不放心你哪！高唐觀那麼多人，你若被人騙了，我卻向誰討我的妹子去？」

南昭想起思舉，心中一痛，語氣也就淡淡的，道：「聰姐是不放心我辦事罷！」齊二寡婦目光一厲，素日裏南昭必即服軟，哪知他眼若爍金，一派波瀾不驚，暗暗驚心，道：「妹子這是甚麼話呢？也不怕傷了我的心！罷了，你傷我的心，又不止這一次。昭妹，我讓你去招余可佛入教，可不是讓你削他指頭、向他尋仇，更不是讓你跟羅思舉聯手！」

南昭道：「聰姐如何得知這些事？」齊二寡婦道：「自然是……我自然知道。」南昭道：「不是桂姐兒嗎？」齊二道：「是了。」南昭意味不明的道：「原來如此。」

齊二寡婦一下捉住南昭的手，湊嘴在他耳邊道：「你武功強了，自個兒有主意了，是不是？」南昭道：「殺父仇人，不共戴天……」突然「喀」的一聲，小指骨被齊二捏碎。南招痛極，額上流下黃豆般大小的汗水，咬牙續道：「我非殺他不可，聰姐改……改招別人罷。」齊二寡婦鬆手，將一柄匕首塞進南昭手中，幽幽的道：「殺余可佛之前，你先殺了我罷！」

南昭怔怔的看著齊二寡婦，道：「聰姐，我怎會殺你？」

齊二寡婦喜道：「你終究是我聽話的妹子。」鳳眼一折，轉出萬樣風情，道：「沒有人敢不聽我的話，不能有人離我而去。說著說著，那個人該來了罷？」南昭問：「哪個人？」齊二寡婦道：「你出去瞧瞧。」

南昭走出主帳，見月朗星稀，營外突然犬吠相和。白蓮教徒指刀漆黑中，羅思舉從中現身。見南昭，只是微微點頭。

南昭軟語央求道：「大哥別進……」齊二寡婦不知何時，披衣站在帳前，道：「放他過來。」教徒兩分，默默開路。南昭替他們撐起幕簾，殿後而入，侍立齊二寡婦身後。

齊二寡婦除下白衣，羅思舉脱去戰甲，又將佩劍放在桌上。齊二寡婦一下猶豫，也將偃月刀放出。道：「拿酒來！」黃號教徒抬入十個酒罈，又退了出帳。

二人一杯接一杯的喝。不消片刻，羅思舉由臉頰紅到耳根子去，朝南昭多看了兩眼。南昭悄悄一盼，款款低頭。

齊二寡婦看得分明，道：「昭妹，你看甚麼呢？帳裏一切，都是我的。你要甚麼便開口，我必無不允。」南昭捫心自視，了無一點怒氣，正自疑惑，卻聽齊二寡婦道：「昭妹，打水來。」

南昭應下，貪看思舉一眼，出帳走到一里外的小溪。腦中反覆思量他酒後面上、耳後潮紅的樣子，望溪影呆呆癡想。草叢聲窸窣，立時驚覺，連忙閃進密林。

月光下，來時傑如鬼魅般佇立，他身後還有一人，卻是南昭昔日的大師兄晁旦。只聽得晁旦説道：「那賊妖婦説好了許桂姐兒給我為妻，與余可佛結盟後，又説將桂姐兒許給他手下梁棋遁為妻，他媽的，我不將他碎屍萬段，我不姓晁！」

南昭心下大奇：「我自然知道齊二寡婦白天裏是去與余可佛聯手，桂姐兒根本不清楚羅思舉的事，齊二寡婦知道，只能是余可佛說的。但梁棋遁跟從余可佛，這又是哪門子笑話？」

來時傑沉聲道：「你說有重大情報，我才冒險來此，可不是要聽你婆婆媽媽講女人的。」晁旦道：「是！法師也得答應我，做了白蓮教當家之後……」來時傑大手一揮，道：「把桂姐兒給你，行了！快說！」

晁旦這才說道：「傳言齊二寡婦與羅思舉有染，原來千真萬確！我剛從齊二帳外經過，親眼見羅思舉進了他的帳子裏，料想如今已……哈！」

來時傑極力掩蓋心中狂喜：「天助我也！今番一箭雙雕，先殺掉羅思舉和齊二兩個，再施毒料理掉余可佛那小子，白蓮教黃白兩號還不盡在我手中？」道：「好了，你且回去，不要教人生疑。事後必有褒獎。」晁旦喜形於色，道：「謝謝法師！」方一轉身，來時傑杖頭一送，穿心而過。晁旦還未來得及擁枕做那抱得美人歸的美夢，便已魂赴九泉。

南昭聽得真切，忙捂住嘴巴。來時傑耳力何等靈敏，持五毒鬼頭杖漸近南昭藏身之處。左手挾帶陰風，抓入灌叢——卻抓個空。

陡然腳踝一痛，銀光耀眼，這次終於舉杖反打。定睛四察，林間黑沉沉的，沒半點聲氣。

齊二寡婦掀開羅思舉衣襟，胸膛上疤痕道道，有深有淺。羅思舉握著他滿是老繭的手，想象自己有朝一日，牽著這隻手繞紅燭、入洞房，奈何二人因緣際會，以至今日水火不容！天意弄人！手一扯，擁伊人入懷。

來時傑耳聽八方，驚疑不定。南昭歇步他身後五步開外，慢慢抽出背後雙刀。心道：「我對付余可佛耗去太多真氣，這下可不能賒力了。」來時傑不經意瞥見刀身映光，疾忙轉身，仍是慢了一步。臂後一痛，又吃了一刀。

來時傑縱橫半生，到此刻大約可知敵手暗施襲擊，是要出奇制勝。收斂心神，凝元守一，突然「哈」的一聲，鬼杖狂風，一道纖細的黑影如斷綫風箏，落入溪水。

齊二寡婦皓齒形笑，右手抱抓思舉的頭髮，在他懷中緩緩坐直。攬過酒罏，仰首飲盡，瓊漿自他嘴角流淌到鎖骨，閃耀異樣的光芒；一低首，唇舌綢繆。

來時傑這番十分謹慎，鬼頭杖前擺，斜身涉水。

南昭背脊朝天，左臉撞石，寒水沖刺，痛似割肉。感到鬼頭杖尾戳上後腦，心想：「我命不該死在這奸人手上！」

電光火石之間，南昭合抱來時傑雙腿，用力一扭，二人淙淙的滾出幾尺。南昭不容他喘息，揮拳打去，來時傑還拳搥他小腹。南昭吃痛鬆手，二人又自其位長身，終於面面睇齊。

羅思舉道：「我們死後，都葬在漢陽——那是我們初相識的地方。」齊二寡婦道：「我想定漢陽為國都，你看如何？」羅思舉道：「你的國都容得下幾多個人？」齊二寡婦道：「只要乖乖聽話，都容得下的。」羅思舉腦子一個激靈，神智復明，道：「我不聽話，那又如何？」齊二寡婦道：「那滋味，你是試過的。留在這裏，就甚麼事都沒有了。」

羅思舉道：「我看有個人卻不大樂意留在你身邊呢。」齊二寡婦笑道：「你數得出誰人？」思舉想起南昭那一笑之中，足有傾城之力，啞然無話。霍地站起身，大步走出營外。

雪花飄零，南昭打個冷顫，手中攥下一把柳葉刀，眼目緊隨敵手。

來時傑一見是他，心頭大寬，暗罵自己竟著了這個年輕外甥的道兒。

南昭想到羅思舉喝酒之後、面紅耳赤的樣貌，心裏陡然生出一股勇氣。揮刀欺身，寒光一閃，速度倍逾平素所能，削去半塊鬼面。這下不單來時傑汗流浹背，南昭也是大感意外，無暇歡喜，來時傑夾頭一刮，忙矮身避過，直刀上挑來時傑下顎。順勢一步轉到來時傑左邊，欺他左眼已瞎，翻刀往他肩上就是一刺。

來時傑拇指扣動，鬼頭上冒出一片宛如牛角的利刃。原來這毒氣一噴，沾刀上毒，也是一門殺人利器。

鬼頭利刃透出幽幽綠光，幻作千影，分刺南昭人中、左腕、右膝。南昭吃過鬼頭五毒的大虧，早有準備，立時屏閉氣息，雙足一蹬，左劈右撳。

來時傑不與他周旋，擺杖直打；南昭甩下外袍拋出，猶夜蝠樸食；籠罩毒氣，來時傑自食其果。「嗤」的一聲，圖窮匕見，尖刀裂袍，正中心窩。嗤嗤嗤的數聲，那惡人身子愈縮愈小，最終化作一灘膿水，滲入泥土。

他伏誅背後那棵槐樹上，釘著一片小黃符，蠟蠟作響，背面印著一個「余」字，原來白號所用之黃符，由萍蹤二郎余可佛一手包辦。符上畫有一個小人兒，垂髫紅面，意態宛然，笑容可掬，向觀畫人打躬。畫的正是南昭的小弟弟。南昭眼淚滴滴下，浼沾黃符，紙上墨水化開，小人兒似乎手勢一變，側身做一個請字，笑容不改。

紅日普照萬丈，地震波推。早鳥梭林，在頹迷蒼茫的天色中驚鳴，喚醒沉醉愛恨的客人。

南昭回到杏花村，只聽教徒説齊二寡婦不知怎的，大發雷霆，一大清早令教眾拔營，立即就走。齊二寡婦帶同右護法等十幾人先行一步，成了大地上小小一點。

阮捨懷牽來一匹馬，張朧道：「師姐，今早二師父准我隨隊，讓我跟著你。」南昭「嗯」聲應下，舉目卻見羅思舉在河邊飲馬，不假思索，拔足近前。

羅思舉微微一笑，道：「我險些上了你們的大當！」南昭窺水看他，道：「甚麼大當？」羅思舉道：「齊二寡婦昨日差人告訴我，要跟我説你的事，我便來了，豈知道他還是想將我收為己用。」南昭道：「大哥説我們是兩路的人，我們都已走上陌路了，你又為何又要聽他講我的事？」

羅思舉不應聲，南昭一哂，道：「我昨晚殺了來時傑。」羅思舉一驚，方想説「怎麼可能？」但憶起南昭那股狠勁，殺死來時傑也就沒有甚麼不可能的。

羅思舉道：「你傷著了嗎？」南昭擼起袖子，手臂上青一塊、紅一塊。思舉不由得放輕了語氣，道：「你不是答應過我，報仇的時候不可以性命相搏麼？」

南昭道：「我殺他的時候，滿心想的不是報仇，也不算負了對你的諾言。」隱隱希望思舉問他、滿心想的是甚麼。羅思舉卻不揭穿，道：「我沒有説錯，我們本就是兩路的人，命該分道揚鑣。看，你的同伴在等你呢。」

南昭回看馬上相候的阮捨懷，雖不是那頂天立地的風流人物，也無不好。但心目中的如意郎君，始終都是思舉這般謹慎又勇敢、聰明又謙遜的大英雄，如今雲台上、手掌邊，似乎都長了芽，卻向誰邊去？暗自幽幽想道：「只嘆羅思舉心裏始終裝了個齊二寡婦，對我也不知是憐惜多，還是愛意多，恐怕連他自己也弄不清！但沒關係的，我還能再等等。」道：「大哥，分道揚鑣之前，我只求你抱我一抱。」

羅思舉暗自一嘆，實難拒絕這個對自己有情的女子。道：「下次見面的時候，我們就是敵人，就當這一切從來沒有發生過。」

二人相擁，就像半空的兩片葉子，緣風纏綿，無風分散。南昭把面埋藏在他溫暖厚實的懷裏，分明是那樣匆匆，但甚麼真空家鄉、神女石床、長生祿位，遠遠比不過……比不上！彼此呼息愈抱愈熱，聯為一氣。

南昭鬆開了手臂，義無反顧的跳上馬背，揚鞭吆道：「駕！」馬兒一聲長嘶，撒蹄追上白蓮教人等。茫茫大地張開血盆大口，囫圇吞下，拍拍肚皮，臉上露出饜滿的神情。

第七回

李代桃僵銷薛券　長生殿堂題祿位

齊二寡婦一見南昭，道：「上馬，清兵就要來到。」南昭道：「哪有這許快？」齊二寡婦露出一絲苦澀的笑容，道：「羅思舉不是一個多事的人。他願意來找我，一定是覺得我活不過今日。」揭帳提刀上馬。

黃號白蓮教緩緩走進巴山老林，與白蓮教大軍匯合。南昭甫將昨夜之事和盤托出，齊二寡婦大發雷霆，抬手扇南昭一耳光。

南昭捂面，道：「聰姐打得好！」這下輪到齊二寡婦不知如何回應。

林間道上，一個白影幽靈般出現，抱拳道：「齊二師父，小的在此恭候多時。」齊二寡婦道：「你太膽大妄為！我等會兒才訓你。」對那白衣人道：「你引路罷。」

那白衣人又道：「山路崎嶇，請下馬隨小的來。」

齊二寡婦教南昭、桂姐兒、阮捨懷、右護法等隨行，二人踏山坳、穿岩隙、鑽狹洞，至一個谷中營地。營口掛著一塊爛布，徐徐轉動，上面畫著一個「西營調兵」符。

齊二寡婦道：「你們幾個得答應我，等下無論如何，不得動手、不得說話。」南昭自知齊二特指自己而言，點頭從命。余可佛從營中走出，身邊還跟著個梁棋遁。南昭雙眼似欲噴火，齊二寡婦鐵臂一攔，道：「你答應我甚麼？」桂姐兒見粱棋遁，神情又悲又喜。

余可佛伸手與齊二寡婦相握。齊二寡婦道：「事情處理好了，二郎可還滿意？」余可佛低眸看向南昭右手，見他小指頭青紫蜷曲，顯已折斷，哈哈笑道：「余某向來崇敬二師父手段，今日見之！」

齊二寡婦道：「彼此彼此。東西帶來了沒有？」余可佛道：「一點誠意，怎會辦不到？來時傑這老匹夫毒藥厲害，我自然多留心，將解藥都複製了一份。」自衣袋裏掏出一個小瓶。

齊國寡婦接過小瓶，道：「自此白號、黃號兩路合併為一路白蓮大軍，我做主、你為輔。」余可佛似笑非笑的看看南昭一眼，道：「你這慘霧娘子似乎心有不服！」

齊二寡婦一掠鬢髮，流出風情萬種。道：「他不敢。」二人擊掌為盟，黃號白蓮教眾陸續入谷安置。

齊二寡婦對南昭道：「這個瓶子裏裝著的藥，可以解你體內的毒。」南昭卻不接，半晌道：「我和那余可佛不共戴天，我對你講過的。」

齊二寡婦按下他雙肩，道：「聽我的話，昭妹。學蛇的隱忍，不要發那無謂的脾氣。」南昭再聽見此言，實難下嚥，道：「我不要聽你！」一扭頭，奔去解下馬韁。齊二寡婦追上前去，道：「昭妹，你這是要到哪裏去？」

南昭不理不睬，牽過馬兒，踏鐙上馬。齊二寡婦道：「昭妹，你竟要離棄我麼？」南昭道：「我走便走罷，聰姐或許不信，那是我弟弟的意思，談不上甚麼離棄呢？」

齊二寡婦面上森冷，嘴上卻柔情無限的道：「你永遠也走不出我的手掌心！若是走得出，我一手便捏碎了。」

南昭道：「好啊，我便如同那羅思舉一般。你擺佈得了的時候，無限痛惜；一旦使喚不聽，翻臉為敵！」

齊二寡婦怒容乍現，冷笑道：「我要叫你留在我身邊，而且心服口服。」遽然指著遠處一條大江，道：「你若在天明之前渡過對岸，我便不再為難你。」南昭一拍馬臀，朝江邊奔馳。齊二寡婦胸中自有算盤，不加阻攔。

來到江邊，暮色大作，漫天紅霞。南昭任馬自由，解刀伐木，又剝下樹皮搓做粗繩。

氣字當胸，到小筏將成，才感到一陣天旋地轉。一想到天明之限，強自撐起精神，天色發黑時，燃亮一扎雜草，眼看一張小筏已備，那火苗也隨著輕煙，掛在他鼻尖上。

拖挪小筏，窮眼極目，江水黑沉如墨，若不細看，猶似一個大淵，跳將下去，沒有盡頭，就此在這下墜之勢當中肉蝕骨銷。微風吹襲，南昭用最後一點點力氣，把小筏推進水裏。

霎時，「嘩啦」一聲，河水對岸從左至右、從下至上，一下子亮起無數點火光！忽東忽西，直逼月華星輝，氣焰滔天，竟是白蓮教列陣排隊列陣，已守候多時。南昭餘光瞥見一抹銀光，因右而顧。

十步開外，齊二寡婦側身跨坐石頭上，靠水看刀。微笑道：「你說我待你如同羅思舉，當真大錯特錯！瞧瞧，我可曾這般挽留過他？」

南昭舉鞘拔出雙刀，道：「我卻要學他遠離你。聰姐，今日只能得罪了。」

齊二寡婦輕輕的躍到石頭上，單足鶴立，展手道：「你沒本事。」南昭往日聽了這話，必定沉不住氣。但如今想明白了，淡淡的道：「咱們手底下見個真章。」

齊二寡婦道：「你發招罷。」南昭柳葉刀緩緩平劃胸前，深深吸下一口氣，「賒」字一升，丹田江海中頓時汎濫著未來之力，流入百脈，肌骨一寒，飄飄如欲羽化登仙。

天上飄下牛毫細雨，沾附南昭眉梢眼睫。只見他雙目忽然鋒芒畢露，齊二寡婦立時醒覺，忙躍了開去，南昭雙刀劈下，齊二原本所坐之處，石屑飛揚。齊二落到地上，歇步回身，道：「妹妹內力精進如斯，做姐姐的刮目相看！」背上偃月刀忽如活了過來般，始翩翩起舞。

南昭低伏高避，偃月刀法甚是霸道，一時也無相剋妙招，心道：「我也不必真的打敗他，只消過得對岸，他就要兑現承諾，放我自由。」輕身懸空，足尖著地，不住倒退。齊二猛攻快打，片刻已到江岸相接之處。

南昭虛招一晃，奪過地上一塊大木頭，投進水中，雙足一蹬，駢指御風，乘浮木渡江。齊二寡婦暗道不好，也依樣葫蘆，獨木涉水。

江面上，波濤將千萬個火點遠遠推出，熠熠融融，二人在其上追逐，如同兩隻發亮的蜻蜓塘上遊戲。齊二寡婦提刀尾往前一拋，刀口「噗」的一下嵌入南昭足下浮木一端。南昭身子一沉，齊二寡婦拔刀桿將浮木向自己拖拽。南昭輕身衝天一彈，浮木既輕，齊二寡婦臂勁收勢不及，雙足一趺。南昭半空矯騰捷出，刀尖指齊二左肩。

齊二寡婦雙手握著刀桿，旋腰帶出大刀，順勢一擋，兩鋒相交，一道流星般明亮的火花轉瞬即逝。這時，雨愈下愈大，岸上火把熄滅，四周漆黑一片，只有耳邊淅瀝淅瀝的響個不停。齊二寡婦道：「咱們喝酒，喝完再打！」解下腰間的葫蘆，仰首咕嚕咕嚕的喝下一大口，拋給南昭。

南昭聞聲辨位，穩穩接過，落到腹中，已不分雨液酒漿。將葫蘆拋出，「咚」的一聲蕩漾江水。道：「聰姐，看招！」一刀劃破長空，去得極快，齊二寡婦偃月刀嚴陣以待，卻不知南昭偷齊二「乾坤拳」精要，這一發乃是誘敵虛招，另一刀平平推出，凝如泰山，沒有掀起半點風聲，待齊二拆解解去第一刀，第二刀迎頭斬下，臨到要害，偏了些許，只是削下他髮簪，剎那長髮滾瀉。

齊二寡婦哼的一聲，道：「臭丫頭學得挺像，可惜仍未到家！」以刀為天，以左拳為地，認準方位，一招「羚羊掛角」，身法兔起鶻落，一刀一拳，雙雙爭到。南昭有樣學樣，左掌一揚，右手翹刀，也是一招「羚羊掛角」。兩招一模一樣，既討不了便宜，也落不去下風。

南昭漸漸摸熟齊二路數，待其招式使到第三遍，道：「聰姐不妨也學學我。」當下合長生譜賣、贖、賒三訣，並雙刀法收、潛、發三訣，一共六勢，雙刀將近齊二，都溜溜的轉了開去，將餘勢卸進水裏。齊二寡婦棋逢敵手，好勝心大盛，學來學去，總是學不到南昭這六勢中的微妙變化，大是氣餒。長生譜是天下第一奇功，哪裏是一時三刻可以學得來的？南昭學在先頭，不過是要引得齊二反過來學自己，自亂陣腳。鬥到後來，齊二膂力不濟，累得氣吁連連。

南昭重學齊二「乾坤拳」中「天高地厚」一招，力透刀尖，暗勁渾厚，齊二寡婦一個倒跌，忽然踏上實地。轉身一看，只見通宵守候的白蓮教徒。南昭一邊出招引齊二模仿，一邊以招數餘勢戳進水中，神不知、鬼不覺的劃過江面，渡至對岸。

這時東方汎白，南昭如囚鳥出籠，振翅高飛，足尖墜地，輕飄飄毫不著力。齊二寡婦眼睜睜望著他雙刀一並，顧盼之間，正是：碧海青天斂雙瞳，千巖萬壑銜丹心。氣勢不凡，風姿卓越，不復初投麾下乖戾，既是欣慰，又是淒涼。拋下偃月刀，雙手一攤，道：「罷！罷！」齊二寡婦平生從未服輸，面對這條自己一手養大的蛇，卻不由得他玩弄於股掌中了。

南昭雙手一合，兩柄柳葉刀熔成一團廢鐵，道：「聰姐，只有你配得上我用這雙刀，日後我必不用雙刀法與人過招，也好全了聰姐對我的恩情。」

齊二寡婦揚首長笑，道：「昭妹不用急著跟姐姐算清，你可知道你方才喝的是甚麼？」南昭道：「分道酒！」齊二寡婦又是哈哈笑道：「分道酒？世上哪來真正的分道。我將鬼頭五毒的解藥摻和在酒裏，如今你體內毒質盡解。你欠我的，永遠也還不清！」身影一掠，迎上白蓮教隊伍。南昭幾個起伏，也落到他身後。

齊二寡婦跨上高頭白馬，輕蹄檢軍。南昭沿岸邊亦步亦趨的追隨，臨到別時，始終割捨不下，絲竹吹奏，白蓮教列隊簇擁。齊二寡婦一人一騎在眾人中央，但見：紅陽鍍金面，老樹臣白裙。他是如此倜儻風流。

齊二寡婦晨鐘般的聲音響起：「昭妹捨不得我，以後每年來看看我罷。」南昭道：「聰姐流浪江湖，我卻去哪兒看你？」

齊二寡婦不答，下令馬隊三十來人穿上白衣。整裝待發之際，余可佛大夢初醒，匆匆上馬趕來，問道：「怎麼回事？」話音未落，遠方傳來角號鼓鳴，有人喊道：「清兵殺來了！」

絲竹忽轉死寂，風色急勁，塵頭起處，當頭幾面大纛，上面一個大大的「賽」字，正是賽沖阿的旗兵。白號不如黃號治軍嚴謹，原只是一些遊手好閑的人，對付手無寸鐵的平頭百姓，自然威風凜凜；對付平常官兵，猶有膽勁；對付旗兵，心中先自怯了。加上自豐城大敗，無心戀戰，一門心思想如何逃命。

當下鼓噪譁然，任余可佛如何訓斥，亦無人聽令。齊二寡婦縱馬上前，將一個白號逃兵斬於刀下，白號軍懾於淫威，終於勉強穩住陣腳。齊二寡婦道：「慌甚麼？把官兵勾入密林解決掉！」一拍馬臀，縱入深林，兩號白蓮教聽令，如螞蟻分隊，湧進山川，遠處賽沖阿見白蓮教動向，也指揮旗兵追殺。

眼看兩起人馬即將互相廝殺，南昭忽然感到前所未有的孤獨。心頭隱隱覺得，如果他此刻置身度外，以後與那歷史中的奇女子更無緣再面。胸中一股情，似欲傾瀉奔騰，往馬臀上一陣亂抽，沿途斬殺旗兵，剩下一句屍首上的箭囊鐵弓，終於到了老林腹地。

密林中人頭湧湧，兩軍已交上了手，乒乒乓乓的正自糾纏不休。阮捨懷與張朧分在齊二寡婦左右，見南昭到來，皆是喜形於色。號角又響，一名白蓮教徒跑來，喊道：「是……是羅思舉！」力竭而亡。

羅思舉手下都是以前跟他跑江湖的兄弟，接收朝廷招安，編成鄉團，專門對付白蓮教亂，個個精練勇猛。齊二寡婦獨力斬殺三十來人於馬下，旗兵前赴後繼，頗感吃力。聞得思舉將至，苦思脱身之計。

南昭馳近齊二寡婦，拉弓搭箭，「噗噗噗」三箭連珠，射殺追兵。齊二寡婦道：「孩子，我放了你走，你怎麼又巴巴的來了？」南昭實也不知，道：「聰姐，敵人太多，我引追兵去西南邊。」齊二寡婦道：「不，不，我去西南，賽沖阿的旗兵歸我，你去西邊，羅思舉那些流兵散卒歸你。」南昭只道齊二有甚麼妙計，大聲應下。

齊二寡婦在亂軍之際招手，教他靠近。揚出鞍上的黑袍，轉給他罩上。拍拍他的臉頰，道：「去罷。」

一道洪亮的嗓門響起：「妖婦人，咱們決一死戰！」齊二寡婦道：「呀，來得好快。」揚聲道：「賽沖阿，上回咱們打也打過了，雌雄也分過了，我是雄，你是雌，你穿了女裝沒有？讓爺看一下！」

賽沖阿將襄陽之敗引為奇恥大辱，聞言怒不可遏，道：「賤人，死到臨頭，還在嘴硬。也教你嚐嚐西洋鳥槍的味道！」齊二寡婦叫道：「啊哈！西人的玩意兒也搬來啦，我看你還有多少三腳貓伎倆。」賽沖阿受他一激，心道：「我就不信拏不下這妖婦。」齊二欲欲再激他，跟前幾個護衛弟子卻接連戰死。馬首處門戶洞開，登時勢單力孤。調轉馬頭，拍馬便跑。

賽沖阿宛同甕中捉鱉，與齊二寡婦兩騎在林間你追我逐，暗往明來，刀光劍影，刀光過處，樹身疤痕斑駁，不知過了多少招。

旗兵如螞蟻戀蜜，一見白衣騎馬者，爭相搶上擒拿，待看到與齊二模樣不符，補個兩刀，任其自生自滅。南昭一身黑衣，無人理他。此時方知齊二寡婦的深意，滿腔酸楚，喊道：「聰姐、聰姐，你在哪兒呀？」但齊二寡婦並一眾白蓮教眾，眨眼消失綠葉洪流之中。兩行熱淚，已所寄無人。

南昭強振精神，調動餘部，成群結隊，當先在鄉勇圍堵之勢裏殺出一個小缺口，張朧與阮捨懷跟著他一路衝出。

出谷四顧，盡皆森天古木，聳嶺深坑。

阮捨懷掏出一塊以荷葉包裹的肉乾，剝開了送到南昭面前。南昭露齒咬下一小塊肉，嚼了兩下，一股荷香綻放，暖烘烘的良久不褪。漸漸，舌尖生澀，喉嚨哽咽，腹中酸楚，眼淚再也禁不住。他等不了羅思舉那或有或無的情意了，他要的是現在，是看得清、摸得到的。心念一起，人已偎在阮捨懷的懷中。

阮捨懷心蕩神漾，道：「昭姐姐，我就是此刻死去，也無憾了！」南昭靠得半晌，朦朧朧只欲睡去，猛地一醒，道：「追兵來了，走罷。」阮捨懷懷裏一涼，心中一黯。

眾人又跑了一陣，這時道上一騎縱出，正是羅思舉，聽他喝道：「我乃豐城劫寨羅思舉，速速就降！」南昭帶領的這幫白蓮教徒有不少人以前是王三槐旗下，當日羅思舉以一人之力，縱火燒城，眾人都吃過他的大苦頭，不禁肝膽俱裂，匍匐在地。

南昭怒道：「一群沒用的東西！」驅眾衝出，看準思舉心口，鬆指之際，頭一歪，箭矢斜溜，嵌入樹木。思舉側目看箭，心知他手下留情；南昭甩弓背上，騰空雙手加鞭掉頭，思舉見狀道：「別跑！」南昭猶如不聞，逕直引他往低谷。阮捨懷、張朧生恐南昭有個甚麼三長兩短，在後相護，揮倒鄉團兵勇。

霧鍾方外，寂靜充斥，馬蹄輕、心鼓重。

南昭十指冰冷僵硬，皮破血滲。思舉張口再呼：「昭小妹，別跑！我……」

突然，一隻大鳥自樹梢躍下，雙臂緊箍思舉脖子，馬兒受驚，發足狂奔。饒思舉苦苦掙扎，這雙臂就是不索命、不甘休。耳邊傳來南昭的聲音：「余可佛，你放手！」

余可佛嘿嘿怪笑道：「我已盡得長生譜首末二訣真諦，天下無人是我敵手！看你怎樣逃出我手掌心？」思舉眼角瞥見那余可佛身穿道袍，身形較常鼓起一倍有餘，力大無窮。二人在馬背上你箍我的脖子、我捶你的小腹，南昭、阮捨懷、張朧在後追趕，眼前倏然一亮，只見路途窮處，瀑布瀉銀，轉瞬千里。

南昭一踏馬頭，雙掌向余可佛背心拍出，余可佛側身相讓，令思舉承受掌力。南昭大吃一驚，忙合掌一拍，兩掌上勁度互相抵消，折腰騰挪，落到地上。但以「賒」訣凝聚來年之力，非同小可，也不是輕易化得了去，倒有兩成餘勢震及馬上二人。

思舉當下便「哇」的一聲突出一大口鮮血。余可佛受了這一掌後，陡然血脈賁張，不由自主，身形愈鼓愈巨大，重逾千斤。馬兒脊骨「啪」一下從中斷裂。一聲淒厲嘶鳴，前蹄一跪，兩人滾到瀑布池邊，扭作一團。

南昭慘叫道：「羅大哥！」奔出兩步，一柄長劍當胸搠來，雙臂一振，袍袖掀處，都作零星散。一個白面書生攔路，卻是梁棋遁，不遠處跟著個桂姐兒。梁棋遁面色煞白，道：「朝齡玉簡在你手上罷？交出來！」

南昭道：「你今回倒是光明磊落得很呀，張手就討，怎不叫桂姐兒替你偷？」桂姐兒淒然道：「昭妹子！」南昭道：「讓開！」足下不停，向梁棋遁射出兩箭，一個筋斗，收弓出掌，擊向余可佛。羅思舉內傷不輕，坐到一塊大石後催動內力，療補元氣。

余可佛咬唇一聲哨響，一隻巨犬從瀑布旁草叢裏竄出，體格直如一匹成年的馬。張牙舞爪，逕自撲向羅思舉。思舉使出「鉸剪腳」，雙腿夾住那巨犬的頭顱。不料那巨犬是余可佛千挑萬選之下、細心栽培而來的咆哮神犬，力大無窮，大頭一擰，掙了開去，張口撲咬。

南昭遠水難救近火，一箭射出，落到那咆哮犬身上，如搔癢一般。那咆哮犬轉過一雙綠幽幽的眼珠，看得南昭心中發毛。余可佛趁此檔口，盤膝打坐，調勻內息。不多時，頂上白霧冉冉，身子也一點一點的恢復原形。

梁棋遁與那咆哮犬左右夾攻，右臂畫弧，揮劍挑他左掌，右腿再至。南昭許諾齊二寡婦不再用刀，此刻手無寸鐵，只能寸寸相讓，不出兩個回合，險象環生。

張朧忽道：「師姐，是你背上的符紙，你背上的符紙招狗咬！」南昭一掀黑袍，果見一道黃符，扯將下來，捏成一團。心生一計，猱身點上梁棋遁肋下「腹哀」穴，梁棋遁收劍來擋。南昭卻志不在點穴，拂手捏他鼻子。梁棋遁從未見過這等怪招，不及反應，鼻子已被南昭捏緊，自然就張大了嘴巴，揮劍倒刺南昭背心。南昭將紙團投入他口中，往他下顎一拍，紙團便被他吞入腹中。身子一矮，從梁棋遁腋下鑽了出去。

原來那咆哮犬並非天賦靈性、得能分辨敵友，只是經過余可佛調教訓練，循著黃符獨特的氣味攻擊。余可佛每以障眼法將黃符印在敵手身上，這才吹哨驅動愛犬助陣。

只見那咆哮犬咬得興起，狂性大發，後腿一蹬，咬住梁棋遁左腿，但覺痛徹心扉。擺首往後一拖，梁棋遁背臀著地，長劍一通亂刺，卻如同刺上銅牆鐵壁，劍口一捲，卻沒有傷到咆哮犬半分。拽出數尺，咆哮犬如旋風回身，唾沫自他獠牙間滴下，藕絲般粘連梁棋遁腿上，綠眼似要把梁棋遁和骨吞下。

桂姐兒喝道：「休得傷了梁公子！」芭蕉扇一撥，扇下撥出一股熱流，撥得那咆哮犬身子一側，回過神來，橫衝直撞，疾咬桂姐兒手中芭蕉扇。桂姐兒回身就走，未留神滿地碎石，腳下一絆。南昭叫道：「小心！」飛身去救。

那咆哮犬行動如雷，縱身咬緊桂姐兒頭髮，拖拽下來，伸前腳一踏，在他腹上踏出一個大洞，腸流血注。南昭大慟，彎腰撈起一大把碎石，直身之際，碎石如流星箭雨，那咆哮犬雖無受傷，仍是哀鳴不已。

南昭滾地近前，攀住狗腹，盪上狗背，解下腰帶繞兩圈，一把套在那大狗的脖子上。

咆哮犬不住撲騰撕咬，卻奈何不了南昭。南昭收腹夾緊咆哮犬的腹部，腰帶愈勒愈緊，深深嵌入皮肉裏，死命不放手。

那咆哮犬顛簸遊行，突然兩眼一翻，口吐白沫，轟然委地。南昭猶不放心，再勒了一陣，久無動靜，才慢慢起身。跑到桂姐兒身邊，道：「姐姐！」

桂姐兒一時氣未絕，長大了口，血水汩汩湧出，胸口劇動，苟延之際，看著南昭的眼光中滿是哀求之色。南昭又是傷心，又是氣惱，道：「你何苦把命償了給他？」桂姐兒知他答允，微微一笑，芭蕉半掩面，斜目看梁棋遁，柔情無限，祥和滿足。光彩一黯，就此定睛。

張朧道：「師姐，那梁棋遁……」南昭順他所指，見梁棋遁折下兩根樹枝，一瘸一拐、頭也不回的離去。按著張朧肩頭，搖頭示意他莫追。張朧又急又怒，道：「師姐，總不能便宜了那小人！」

南昭道：「桂姐兒用一命為他贖身，只可說他命不該絕。但他賒得太多賬，終究有還不完的一日。到時候，命索命、壽討壽，恐怕不大好受。」張朧似懂非懂，更恨自己鬼迷心竅，竟愛上了那樣一個無情無義的人。

南昭腦中一盪，手足酸軟無力，心知賒力過量，數不清壽數折了幾多。深深吸入一口氣，回頭見余可佛身形恢復，連道不好。原來余可佛強練朝齡玉簡上的長生譜功夫，又不比南昭先後得歐陽步化、朝齡主人兩位高人指點，走上歧路，一團偌大的真氣積聚體內，無可宣泄，身子也如皮球般漲大。南昭一掌拍他後心，剛好拍在他「靈台」穴上，一下天山雪溶，流入百川。余可佛誤打誤撞，竟在頃刻之間達至長生譜「賣」、「贖」二字的巔峰。

余可佛桀桀怪笑，道：「小賤人，你不是說要得另一闋朝齡玉簡，須得從你屍首上取麼？你便準備好，去見閻王罷？」一抖三尖兩刃槍，一個回馬朝羅思舉一送。思舉運功療傷，正在要緊關頭，不能有絲毫動彈，南昭提腰帶躕身橫抽，捲纏余可佛大腿。余可佛一踢，那腰帶從中斷裂，冷笑道：「你今日怎不使刀？」

南昭道：「對付你，原用不著刀，只需要祭出我另一門法寶。」余可佛道：「甚麼法寶？」南昭道：「打狗用的藤條！」長臂折下一條細細的樹枝，在余可佛面前揚了揚。

余可佛伸手一捉，卻捉了個空，南昭在一丈開外側手挑眉，搖枝招手。拔足追了上去。南昭啊呀一聲，攀著瀑布旁一塊突出的黑石，盪了上去。南昭向來不是輕浮無賴之徒，與人交手，更是從不刻意挑釁（實話實説而不意引人大怒之語當另作別計），此時引余可佛追趕，只是緩兵之計。偷得喘息之機，好一點一點的積凝真氣，如此起碼可以用一個「賣」字訣。

南昭登上瀑布斷崖之上，方一站定，一隻手伸來猛扯他腳踝，撥水淹余可佛。余可佛扭住他雙腿，南昭忙拂他臂彎「曲池」穴。

二人滾到上游河水最湍急一段，南昭搬來一塊大師，往余可佛頭頂一砸。余可佛一拳擊得粉碎，又出一拳，南昭眼看就要腦漿迸裂，一腳伸來，硬生生的受了這一拳。南昭抬頭，見是阮捨懷，怒道：「別瞎摻和，快走！」

阮捨懷腿上骨頭如散開了般，一言不發，一個弓箭步立穩，掄起單刀揮向余可佛頭頸要害。余可佛三尖兩刃槍一扁，壓上阮捨懷肩上。南昭一個「鯉魚打挺」，斜裏插足，鏟起千堆雪浪。余可佛喝下兩口水，一抹眼睛，反手槍桿擊水，水花四濺。南昭眼前模糊，余可佛甩臂送槍，往南昭心窩攢去。

阮捨懷槍身一擋，身子數晃，如斷綫風箏，「砰」的一聲，掉到瀑布池底，遽又浮上水面。身子輕輕撞著一面光滑如鏡的石頭，無聲無息，一如他生前的微笑，春日東風似的，燦爛又柔和。南昭俯身一看，再也禁受不住，縱身落到池裏，抱著阮捨懷餘溫死死不放。

余可佛但覺心頭一片通坦，暢快無比，沿石級步下瀑布，走近張朧。見張朧面無人色，手指愛憐的在他臉頰上打轉，道：「朧朧，你知道對不住我的人都有甚麼下場嗎？」張朧目光呆滯的看著他，心中的害怕，實無以復加。余可佛擁著張朧，下巴抵在他微微發抖的肩上，道：「我有一個師兄，時常欺侮我。我師父對我恩重如山，這點屈辱，其實我還忍受得了。但那師兄甚麼旁的不害，偏拿大黑試藥……」說到此處，竟爾泣不成聲。張朧大生憐意，忘了害怕，道：「大黑是誰？」

余可佛道：「是我家裏一條小狗，跟著我拜師學藝，後來長成了大狗。」語氣忽轉陰狠，道：「所以，一日夜裏，我迷暈了那師兄，將他捆在馬廄裏，揭了他一層皮……」張朧「啊」的一聲，心撲通撲通的跳，耳邊聽得余可佛續道：「我亦因此被逐出師門，但我毫不後悔，想到那師兄以後無面無目的活著，我便快活得很。朧朧，我以前問過你一次，你沒有答我。我如今問你最後一次了，你可願跟我？」

張朧不敢說不，卻不願說好，全身忽冷忽熱，紅白交接，余可佛兩手掐著他脖子，雙眼通紅，喝道：「你說啊！」聲音在山谷中遠遠傳了開去，又盪了回來，群山「你說啊」、「你說啊」的呼喚。

天地間倏地狂風大作，眾人抬手掩眼，一瞬千萬朵白蓮映入眼簾，有浮雲為星宿，有漂萍做君子……每渦花蕊端著一個國都，千萬個願望，繚亂眼目。白蓮既散又聚，附成一張玉面。

狂風起處，南昭右手微扣，輕輕拈持那張畫著弟弟模樣的黃符，雙目緊閉，蹙眉忽解，綻露微笑。左掌胸前一擺，如輕於鴻毛，如重於泰山，深不可測。阮捨懷臨終之際，將一身將來交付南昭手中，星隕火滅，甘之如飴。當下閻王似乎在生死簿上抹去了南昭的名字。

南昭心中一陣黯然：「我賒來的，捨懷卻都替我還了。」手指只消得一鬆，阮捨懷的身子宛若石沉大海，所葬無痕跡。胸前一物在水中依舊灼灼發熱，探手一取，卻是來時傑死後遺下的那道符。

一握在手，那符如活了過來般，破水狆天。南昭雙手一擁，猶如調風遣雨，撥雲弄日；天兵神將，任其號令。

余可佛道：「那是我的符！我的符！」南昭道：「你的符，怎麼畫的卻是我弟弟？你拿我弟弟的命作甚麼？」左掌一拂，一股冷流有若山排海倒，余可佛呼吸一窒，雙臂合抱，提膝回身一撈，側身推送，一團物自天然之力與南昭掌流相抗，彼此愈催愈緊。

南昭髮絲縷縷纏繞，心想：「項羽有愛侶相捨，嵇康有廣陵陪葬。李煜以嬌詞美句留名，盧照鄰永潁水波流存世。楊玉環死在亂軍，人們捨不得，編出他逃難東瀛的故事來；人們也捨不得顏真卿這個寧死不屈的大英雄，編出他羽化成仙的故事來；金聖嘆『哭死』，可見眼淚流乾了，亦難逃一死。項羽、嵇康、李煜、盧照鄰、楊玉環、顏真卿、金聖嘆無不死於非命，又怎會是『名外此譜者不壽』？長生不老有甚麼好？一如巫山神女，再也難得精彩。覺盡悲歡離合，見慣起落跌宕，一生流盡眼淚，縱聲歡笑，方是至理！」

力量轉出，運轉一圈，復又回到他身上，從「𧷤」到「賒」、從「賒」到「𧷤」之功，到此圓滿。叫道：「原來如此！」

南昭掌底冷風忽停，余可佛大喜，聚全力之力一擊。南昭張指一握，余可佛內勁全消，內心一片茫然，心道：「這是為甚麼？」

南昭手掌搭上余可佛肩頭，緩緩壓下。余可佛身子晃了幾下，踉蹌倒退，雙拳收腰，拿了幾次樁，都以氣泄告終。「哐啷」一聲，一塊木牌自他衣袖跌出。余可佛心中一急，低身在地上摸索。南昭掌力如大山排倒，余可佛脫力匍匐，那木牌明明觸手可及，猶似泡影幻想，差之半寸，終非其緣。

南昭俯身拿起那檀木牌位，暗禱道：「弟弟，快快投胎去罷。」也不知是幻非幻，黃符上小人兒雙手合什，驀裏一跳，跳進那長生祿位裏。

南昭婆娑那空空如也的符紙，知道再無重見之日，宛轉低喚道：「弟弟！」

余可佛跪在南昭跟前，眼中紅絲滿布，道：「你一門心思感激的齊二寡婦，呵呵！要不是他讓桂姐兒透露與姚之富，我們如何得知你老子和弟弟身在何處？」南昭大怒，長嘯道：「住口！」一聲之中，用上渾身來年的力量，音波將余可佛整個身子彈到半空。只聽他「哇」的一聲淒號，迴繞山谷不散。

南昭四下尋找他伏首之處，走出兩里，見到處窪然，蒸汽裊裊，原來是高唐活池的延續。見余可佛全身沒入溫泉，池水已被染成一片赤紅。只賸一對了無生氣的眼睛，瞿然瞪圓，眺望這個薄倖的世界。

忽然，「轟隆」一聲巨響橫空劈耳。良久，餘音消散，南昭、羅思舉、張朧三人才鬆開掩耳的手。雪落松針，寒鴉點綴白茫茫的天空。南昭只覺兩邊耳鼓皆在滴血，囈道：「聽聽……」但聽世間一切恩怨情仇，都隨眾生壽盡而去了，又有甚麼所謂？

巴山老林的另一端，賽沖阿手中西洋短銃的槍口煙硝彌漫，崖邊人影一掠，徒留一灘血跡、一口偃月刀。碧嵐紫淵，雲封霧鎖，齊二寡婦一生自命不凡，也得葬名於此。

羅思舉道：「他死了嗎？」南昭不知他指的是余可佛還是齊二寡婦，反正兩個都不在人世了，便點了點頭。羅思舉如釋重負，道：「也好。」又道：「你有甚麼打算？」南昭道：「我把這塊長生祿位送回高唐，順道向朝齡主人討教一下功夫。」思舉只道他說笑，道：

「朝齡主人不是神仙麼？又怎會肯跟你切磋。」

南昭道：「是了！他若真是神仙，我更要伸量於他，看看究竟有情無情、誰高誰低？」

思舉道：「你滿腦子跑的主意，就是過一萬年我也追不上。如此，我送你返回高唐後，便與你分別。」南昭哪會拒絕，頭兩步亦步亦趨的跟著，之後加緊腳下，與他並肩走著，每每低顧，總要落後半步，看他耳背、項骨，和那些細細的髮根。南昭不禁想道：如果他吐露情意，思舉會怎樣？旋即搖頭，他說了，思舉或許會明言相拒；他若不說，思舉便無從拒絕，豈不是更好。

二人巴不得就這樣永遠的走著。思舉駐足，南昭亦隨之一頓。

羅思舉低頭轉過身來，南昭仰首迎上前去。思舉眼光傾注他一張如畫容顏，正沉醉，心中突然警鈴大作——他若是此刻不制，親上這塊可親的唇，換來這口香甜的津液，抱上這具可愛的身子，一嚐芳澤，他就只能千古萬代、永永遠遠，愛入他的骨髓，守護他的長生牌位，蕩漾在他血脈之中漫遍河川。

後記

《長生譜》是我出版的第一部小說。首先感念我的父母。從小到大，父母在寫作這件事上對我尤其縱容。小說萌萌時，閱讀至廢寢忘餐，甚至可說是不務正業了。父母不但不怪，而越加鼓勵。到後來，竟比我更肉緊，生恐我「誤入歧途」，放棄了作家夢。再有我的哥哥，小時候老是取笑我，說我把家中白紙釘成書冊，卻一本也沒有成事。如今這小說出版了，他的激將式鼓勵也奏效了（謝謝你，阿哥），如今他又該絞盡腦汁，想接下來該拿甚麼取笑我。

寫作上，最要感恩的是我的師父，沈西城沈老先生。師父要我多讀書，研究前人的文句和手法。我文句何處不通暢，何處轉接不佳，一眼之下，師父都看得清清楚楚。原來寫小說大有學問，只是我能力未足，只能慢慢琢磨、領悟。師父對我之恩厚，只能以「終生受用」一詞表其一二分。

也感謝出版人黎漢傑黎先生。黎先生沒有嫌棄我這個履歷一片空白的作家，反而多有照顧。承蒙黎先生的提攜，我更要時常用功，方不負了黎先生一片苦心。

要多謝的還有我的老師，林國輝大律師、陳老師、余老師、謝老師。我說寫書說了這麼久，說到自己都覺得遙遙無期，老師們一如既往的給予我所有的支持。我真是幸運！

小說原來叫作《蓮花都》，取自清人張船山「黃鵠特翻貞女調，白蓮都為美人開」之句。寫的就是齊二寡婦。篇幅在一萬字左右。後來展延故事，「蓮花都」三字再難承其內容，於是更名字為《長生譜》。

白蓮教其實是一個統稱。其下有混元、大成、無為等教派，入教者不問男女，婦女也有機會享有尊崇的地位。南昭之父將妻子告上公堂一事亦有其根據。乾隆六年，一名湖廣安陸府沔陽州民，叫王在一，向都察院控訴自己的妻子和大舅，說大舅招他入教，見他不肯，便改招妻子向氏。向氏習教後，「棄夫捨子，全不思歸，倫常大變」。王在一向府道司院提訴，司院卻銷案不查。後來，向氏又被白蓮教誘惑，縱火燒屋，王在一只好帶著兒子上京提告。

嘉慶元年的白蓮起事中，兩個遭官府擒獲的起事頭目都在供詞提到「李犬兒」其人。據説李犬兒是山西人，生於戊戌年，是天神托生。他左右兩個手掌上分別有形似「日」字和「月」字的紋路，剛好象徵白蓮教所崇信的光明。他的頭是禿的，雙眼異於常人。行蹤無定，高深莫測。但李犬兒者，他們都沒有見過。來時傑手掌上「日」、「月」紋路，由此而來。

創作的時候，腦中總是不停的琢磨。這個人物該如何如何，那個人物會如此如此，日夜為伴，頗不寂寞。以致小説完結後，大感孤獨。只幸翻閱文字，以往思念情緒又都回來了。《長生譜》於我是耐得住回味的，希望對讀者也是如此。

諸多人物之中，獨對齊二寡婦有情。在他不能以一字而括，亦在他不能以一笑置之。他令人心生向往，卻又動人仇恨。他活在「之間」，這是一種不朽。

二〇二四年四月